Gewaltfreie Kommunikation mit Kindern

KONFLIKTE RESPEKTVOLL & EMPHATISCH LÖSEN

Mareike Zimmer

1. Auflage

Druck und Auslieferung: Amazon.de / Independently published

ISBN: 978-3-96899-010-1

Inhaltsverzeichnis

Einführung in die gewaltfreie Kommunikation mit Kindern

Die Erziehung eines Kindes ist ein sehr großes und weites Feld. Einem Kind beim Großwerden zuzusehen und die Entwicklung als Elternteil mitzuerleben, ist eines der schönsten Dinge im Leben der Menschen. Biologisch betrachtet ist die Aufzucht eines Nachkommens sogar die einzig wahre Lebensaufgabe.

Dieses Buch beschäftigt sich mit dem Gebiet der Kindererziehung, dass sich gewaltfreie Kommunikation nennt. Das Ziel der gewaltfreien Kommunikation ist es, dass sich das Kind zu einem selbstbewussten, glücklichen und liebenswerten Menschen entwickelt. Allerdings sind sich Eltern nicht immer einig, wie sie dieses Ziel erreichen können. Es gibt Eltern, die fassen ihre Kinder mit Samthandschuhen an. Andere Eltern sind kontrollsüchtig. Doch was die meisten Eltern vereint, ist, dass sie das Kind besser erziehen wollen, als sie selbst erzogen worden sind.

Bei der gewaltfreien Kommunikation hilft es, den gesunden Menschenverstand zu benutzen und nicht blind den Ratschlägen von Freunden, Nachbarn und anderen Besserwissern zu folgen. Nutzen Sie ihr Fingerspitzengefühl und Ihre eigene Intuition, wenn es darum geht Ihrem Kind die beste Erziehung zu geben. Eine gewaltlose Kommunikation mit dem Kind ist das Hauptaugenmerk der heutigen Erziehungsstile. Und die Grundhaltung sollte immer von Wärme, Nähe und Liebe geprägt sein, aber dennoch dürfen Sie das Kind nicht maßlos verwöhnen.

Erfahren Sie in diesem Buch, wie Sie mit einfachen kommunikativen Mitteln die Situation kontrollieren. Das Schreien an der Supermarktkasse hat endlich ein Ende und die Diskussionen, dass es schon wieder Zeit ist, ins Bett zu gehen, gehören endlich der Vergangenheit an.

Erleben Sie die wahre Finesse der Kindererziehung und der gewaltfreien Kommunikation mit Ihrem Kind.

Gewaltfreie Kommunikation mit Kindern

Ob im Berufsleben oder privat, Kommunikation ist ein essenzieller Bestandteil des sozialen Lebens. Wer sich richtig und angemessen ausdrückt und sein Anliegen präzise darstellt, der kommt schneller an sein Ziel. Durch ein Kommunikationstraining mit Übungen zur Körpersprache und zur Gesprächsführung können Sie Ihre Erfolgsaussichten verbessern und gesteckte Ziele schneller erreichen.

Wichtig, um die eigene Kommunikation zu verbessern, ist zunächst das Wissen um die Grundlagen der Kommunikation und die Kenntnis verschiedener Kommunikationsmodelle. Im nächsten Schritt wird der eigene Kommunikationsstil vor diesem Hintergrund analysiert, um anschließend geeignete Strategien und Techniken zu erlernen und erfolgreich anzuwenden.

Essentiell für eine gute Kommunikationsfähigkeit ist es, die eigene Körpersprache, also Gestik und Mimik, gezielt einzusetzen, um die eigenen Argumente zu unterstreichen und den gesprochenen Worten mehr Nachdruck zu verleihen.

Das Wort Kommunikation wird vom lateinischen Wort „communicatio" abgeleitet, was „Mitteilung" bedeutet. Es beschreibt also den Austausch von Informationen mit Hilfe von Sprache, Gestik oder einer Kombination aus beidem.

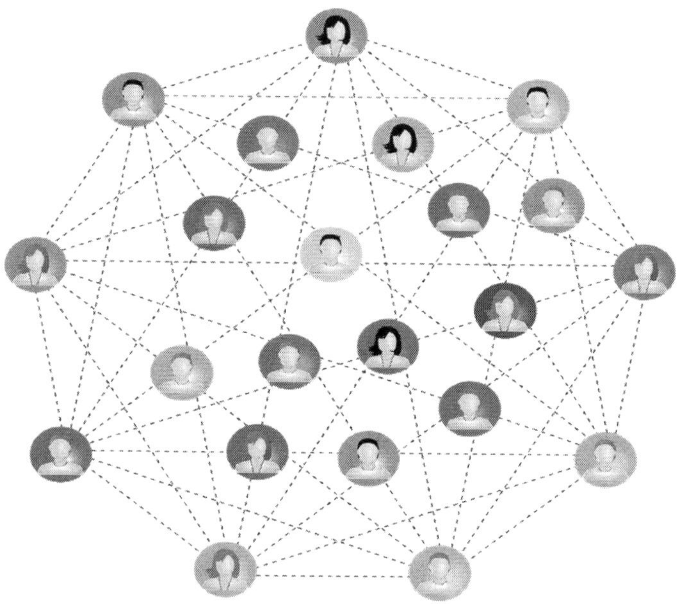

Verschiedene Kommunikationsmodelle

Das Grundmodell der Kommunikation ist einfach: Zwischen Sender (dem Sprecher) und Empfänger (dem Zuhörer) werden Informationen ausgetauscht. Dieses Modell funktioniert in beide Richtungen. Zwei Menschen, die dieselbe Sprache sprechen, sollten sich demnach immer verstehen, wenn man dieses Modell zugrunde legt. Jedoch beeinflussen die allgemeine Situation, die Beziehung zwischen den Gesprächspartnern, nonverbale Signale (Körpersprache) und der Wissensstand der Beteiligten jedes Gespräch. Die Kommunikation mit unseren Mitmenschen ist also viel komplexer und geht über das bloße Austauschen von Daten hinaus. Daher gibt es auch eine Vielzahl von Möglichkeiten, missverstanden zu werden.

Warum Kommunikation so schwierig ist und wie genau ein gutes Gespräch zwischen zwei Menschen funktioniert, ist Thema der Kommunikationswissenschaft. Es gibt verschiedene Modelle, die sich mit den einzelnen Aspekten und Ebenen der Kommunikation befassen.

Das Zeichenmodell von de Saussure

Saussure zufolge hat die Sprache einen Zeichencharakter. Wie Verkehrszeichen oder mathematische Zeichen, ist auch unsere Sprache nichts anderes als ein Zeichen. Ein Zeichen ist per Definition etwas Sichtbares oder Hörbares, mit dem etwas ausgedrückt oder auf etwas hingewiesen wird.

Saussure fragte sich nun, woraus ein Zeichen eigentlich besteht. Seiner Ansicht nach hat ein Zeichen zwei Seiten: die Ausdrucksseite und die Inhaltsseite. Die Ausdrucksseite besteht aus dem Lautbild oder dem physischen Zeichen, also dem Ton oder dem Schriftzeichen, welche das Zeichen ausmachen. Die Inhaltsseite besteht aus der Vorstellung, die ein Zeichen bei jedem Menschen im Kopf erweckt.

Die Ausdrucksebene und die Inhaltsebene jedes Zeichens sind untrennbar miteinander verknüpft und basieren auf erlernten Assoziationen aus Wiederholung. Wenn jemand z. B. „Baum“ sagt, entsteht bei jedem Menschen ein Bild im Kopf, das durch seine Erfahrung geprägt ist. Ein Hawaiianer wird wahrscheinlich eine Palme sehen, ein Schwede eine Fichte.

Für eine effiziente Kommunikation mit Anderen ist das Wissen, dass sich die Bilder im Kopf, bedingt durch einige Faktoren stark unterscheiden können, sehr wertvoll. Es können nämlich kleine Unterschiede in der Vorstellung sein, die zu großen Missverständnissen führen können. Sie sollten daher während Unterhaltungen immer die Lebensumstände Ihres Gesprächspartners berücksichtigen.

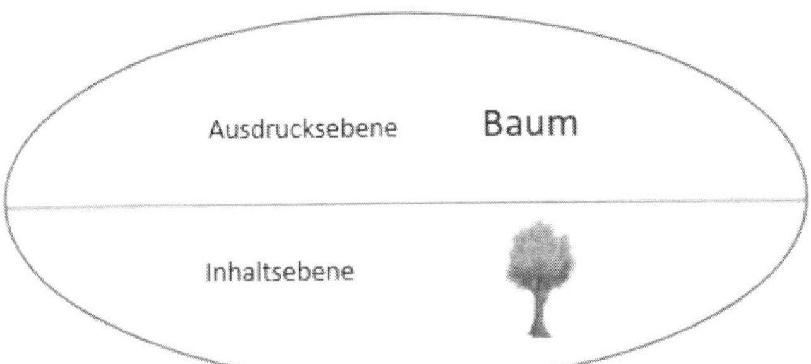

Theorie von Weaver und Shannon

Die Informationstheorie von Shannon/Weaver wurde in den 40er Jahren entwickelt und wird auch als Sender-Empfänger-Modell bezeichnet. Es handelt sich um ein mathematisches Modell, das zur Optimierung der Kommunikation in einem technischen Umfeld, also dem Austausch von Informationen zwischen zwei Systemen (Sender und Empfänger) gedacht war. Dieses Modell lässt den Inhalt der ausgetauschten Informationen außen vor und befasst sich mit dem möglichst störungsfreien Übermitteln der Informationen. Die Beseitigung von Störungsquellen soll also primär dazu beitragen, eine stabile Verbindung und die verständliche Übermittlung der Nachrichten zu gewährleisten, beziehungsweise wiederherzustellen.

Die Kommunikation ist nach Shannon und Weaver dann erfolgreich, wenn die gesendete und die empfangene Nachricht identisch ist. Störungen im Kommunikationsprozess treten demnach auf, wenn beispielsweise die Medien, über die kommuniziert wird, nicht kompatibel sind oder die Übertragung gestört wird (z.B. durch lautes Rauschen).

Bei direkter Kommunikation können laute Hintergrundgeräusche den Kommunikationsprozess stören. Auch individuelle Faktoren der beiden Gesprächspartner, wie unterschiedliche Sprache, Kultur, Bildung und Alter, die dazu führen, dass die übertragenen Signale verschieden gedeutet werden, können zur Störungen des Kommunikationsprozesses beitragen und dafür sorgen, dass die empfangene Nachricht nicht mit der gesendeten übereinstimmt.

Das Organon-Modell

Karl Bühler bezeichnet Sprache als Werkzeug. Das sprachliche Zeichen, also das, was tatsächlich gesagt wird, ist Grundlage jeder Kommunikation. Dieses Zeichen hat drei Funktionen: Ausdrucksfunktion, Darstellungsfunktion und Appellfunktion.

Bei der Ausdrucksfunktion gibt der Sender (Sprecher) etwas von sich preis. Bewusst und unbewusst werden Gefühle oder Meinungen des Senders mit in das gesprochene Wort gelegt. Bühler bezeichnet diese Funktion auch als Symptom.

Die Darstellungsfunktion bezeichnet jenen Teil der Nachricht, der die reine Information abbildet, also den Sachverhalt vermittelt.

Die Appellfunktion ist der Teil der Nachricht, der den Empfänger zu einer Handlung auffordert, der etwas beim Empfänger bewirken soll.

In der Regel sind bei einer Kommunikation alle drei Funktionen in einer Nachricht vorhanden. Oft rückt jedoch eine in den Vordergrund. Kommunikation kann nur richtig gelingen, wenn alle Funktionen einer Nachricht berücksichtigt werden und in sich stimmig sind.

Die Kommunikationstheorie von Paul Watzlawick

Watzlawick untersuchte, warum Kommunikation zwischen Menschen so oft zu Missverständnissen und Streit führt. Er legte 5 Axiome (Grundsätze) fest, die das Fundament seiner Kommunikationstheorie bilden.

Das erste und wohl bekannteste Axiom ist „*Man kann nicht nicht kommunizieren*". Dieser Satz sagt aus, dass

Menschen immer kommunizieren, ob verbal, also mit ihrer Stimme, oder nonverbal durch Gestik und Mimik.

Ein potenzieller Gesprächspartner kann am Gesichtsausdruck und an der Körperhaltung die Gesprächsbereitschaft seines Gegenübers analysieren. Ein müder und desinteressierter Gesichtsausdruck und eine abweisende Körperhaltung sind ein deutliches Zeichen. Der Gesprächspartner bekommt die Botschaft „Lass mich in Ruhe." auch ohne Worte vermittelt. Dieses Beispiel veranschaulicht, wie wichtig die Rolle der Körpersprache bei der Kommunikation ist.

Das zweite Axiom besagt *„Jede Kommunikation hat einen Inhalts- und einen Beziehungsaspekt, derart, dass Letzterer den Ersteren bestimmt"*. Dies bedeutet, dass der Kern einer Aussage, je nach Beziehung der Gesprächspartner zueinander, unterschiedlich gesendet (also gesprochen) und empfangen (also aufgefasst) wird.

Der Sender einer Botschaft kann durch seine Gestik und Mimik, den verwendeten Tonfall und durch die Wortwahl dem Empfänger neben der reinen Information noch viel mehr vermitteln. Aber auch der Empfänger einer Botschaft wird durch sein Verhältnis zum Sender beeinflusst. Wird der Sender als unsympathisch empfunden, wird auch die Botschaft anders aufgefasst, als bei einem Sender, dem der Empfänger offen und wohlgesonnen gegenübersteht. Eine Kommunikation, die nur Informationen austauscht und die dabei nicht durch die Beziehung zwischen Sender und Empfänger beeinflusst wird, gibt es zwischen Menschen nicht.

Der dritte Grundsatz lautet „*Die Natur einer Beziehung ist durch die Interpunktion der Kommunikationsabläufe seitens der Partner bedingt!*" Mit Interpunktion ist hier nicht das Setzen und Verwenden von Satzzeichen gemeint. Der Grundsatz sagt aus, dass jede Aktion, also das Kommunizieren des Senders, eine Reaktion des Empfängers zur Folge hat. Es entsteht ein Hin und Her: Bestenfalls kommt es zu einem Dialog auf Augenhöhe, schlimmstenfalls zu einem Streit.

Beide Gesprächspartner sehen sich in der Rolle des Reaktionärs. Bei Kindern heißt es oft „Aber der/die Andere hat angefangen!" Wer jedoch der tatsächliche Initiator eines Streits war, ist stets subjektiv. Nur eine offene und möglichst wertfreie Kommunikation, die es zum Ziel hat, das Kommunizierte objektiv aufzuarbeiten, kann den Dialog in eine positive Bahn lenken und zur Verbesserung des Status quo führen.

Der Satz „*Menschliche Kommunikation bedient sich analoger und digitaler Modalitäten*“ bezeichnet den vierten Grundsatz der Kommunikationstheorie von Watzlawick. Analog und digital sind hier nicht mit offline und online gleichzusetzen. Watzlawick bezeichnet als analog die nonverbalen Kommunikationsmöglichkeiten, neben Gestik und Mimik auch Symbole und Bilder. Diese Form der Kommunikation lässt Interpretationsspielräume zu. Zudem können Gesprächspartner auch dann analog miteinander kommunizieren, wenn sie nicht die gleiche Sprache sprechen. Die digitalen Modalitäten dagegen umfassen das gesprochene oder geschriebene Wort. Die Verständigung erfordert hier zwingend, dass die Gesprächspartner die gleiche Sprache verstehen. Zudem lässt das gesprochene und geschriebene Wort weniger Spielraum für Interpretation, was Missverständnissen vorbeugt.

„Zwischenmenschliche Kommunikation ist entweder komplementär oder symmetrisch, je nachdem, ob die Beziehung zwischen den Gesprächspartnern auf Unterschiedlichkeit oder

Gleichheit beruht." Diese Aussage ist das fünfte Axiom und bringt zum Ausdruck, dass Kommunikation vom Status der Gesprächspartner und vom Verhältnis der Gesprächspartner zueinander abhängig ist.

Wenn eine Kommunikation zwischen zwei Gesprächspartnern auf Augenhöhe abläuft, ist diese symmetrisch. Ein Gespräch ist komplementär, also unausgeglichen, wenn sich die Gesprächspartner auf unterschiedlichen Ebenen befinden. Diese Diskrepanz in der Hierarchie der Gesprächsteilnehmer kann zum Beispiel bei einem Gespräch zwischen einem Vorgesetzten und seinem Mitarbeiter vorliegen. Wenn es sich bei den Gesprächspartnern um einen Laien und einen Experten handelt, liegt der Unterschied der kommunikativen Hierarchie im Wissensstand. Unterschiedliche Kommunikationsebenen können sich auch durch das soziale Umfeld ergeben. Die Ebenen sind nicht für alle Zeit festgesetzt, sie sind veränderbar.

Fehler, die zu Streitigkeiten führen, entstehen in diesem Kommunikationsmodell vor allem durch die Annahme, dass ohne Berücksichtigung des Beziehungsaspekts kommuniziert werden könne und dass das Gesagte stets so verstanden wird, wie vom Sender beabsichtigt. Häufig wird zudem bei Problemen nicht an einer Lösung gearbeitet, sondern ein Schuldiger gesucht. Das erschwert eine zielführende Kommunikation zusätzlich.

Das Vier Ohren Modell

Bei diesem Modell, das Friedemann Schulz von Thun in den 1970ern entwickelte, werden teilweise das Organon-Modell und die Axiome von Watzlawick zusammengeführt. Schulz von Thun geht davon aus, dass eine Nachricht vier Aspekte, beziehungsweise Ebenen hat. Dieses Modell wird oft genutzt, um eine Kommunikationssituation zu beschreiben, die zum Beispiel durch ein Missverständnis gestört ist. Die Ebenen werden mit „Appell", „Beziehung", „Selbstoffenbarung" und „Sachinhalt" bezeichnet und stellen die vier Seiten einer Nachricht im Modell von Friedemann Schulz von Thun dar.

Der Sachinhalt einer Nachricht bezeichnet die Ebene der Nachricht, die die Information enthält, die der Sender (Sprecher) dem Empfänger (Zuhörer) vermitteln möchte. Dabei wird die Nachricht nicht bewertet, es zählt die objektive Aussage. Zum Beispiel soll „Die Ampel ist grün" dem Empfänger die aktuelle Ampelphase mitteilen.

Auf der Ebene der Selbstoffenbarung, die den Teil der Nachricht meint, der bewusst oder unbewusst etwas über den Sprecher zum Ausdruck bringt, kann der Satz „Die Ampel ist grün." bedeuten, dass der Sprecher gute Augen hat und die Ampel erkennen kann. Es kann auch bedeuten, dass der Sprecher ungeduldig ist und gerne diese Ampelphase zum Weiterfahren nutzen möchte, jedoch Beifahrer ist.

Der Appell stellt den Teil der Nachricht dar, in dem der Empfänger zum Handeln aufgefordert wird. Bei dem Satz „Die Ampel ist grün.", soll der Empfänger dazu bewegt werden, loszufahren.

Auf der Beziehungsebene, die etwas über das Verhältnis zwischen Sprecher und Empfänger aussagt, kann der Satz „Die Ampel ist grün." bedeuten, dass der Sprecher dem Empfänger helfen möchte. Es kann aber auch der Versuch sein, die Überlegenheit dem Empfänger gegenüber zum Ausdruck zu bringen. Tonfall, Gestik, Mimik und Körperhaltung verdeutlichen, wie der Sender zum Empfänger steht und wie die Nachricht gemeint ist.

Zu diesen vier Ebenen des Senders kommt nun, dass der Empfänger die Nachricht ebenfalls auf vier Ebenen versteht.

Die Sachebene bleibt gleich. Die Information, dass die Ampel grün ist, bedeutet genau das. Der Empfänger prüft Wahrheitsgehalt, Relevanz und Hinlänglichkeit der Nachricht. Sind sich Sprecher und Empfänger vertraut, läuft dieser Teil des Nachrichtenempfangs problemlos ab. Der Sender versteht, dass die Ampel grün ist. Sind sich Sender und Empfänger der Nachricht nicht vertraut, wird der Wahrheitsgehalt genauer geprüft, zum Beispiel durch einen Blick des Empfängers auf die Ampel. Der Wissens- und Erfahrungsschatz des Empfängers spielt bei der Einschätzung der Glaubwürdigkeit der Information eine Rolle.

Auf der Ebene der Selbstoffenbarung nutzt der Empfänger die Nachricht, um Rückschlüsse auf den Charakter des Senders zu ziehen. Weist der Sprecher den Empfänger an jeder Ampel darauf hin, dass sie grün ist, hört der Empfänger Ungeduld heraus und weist dem Sender diese Charaktereigenschaft zu. Dies beeinflusst die weitere Verarbeitung von Nachrichten dieses Senders.

Auf der Ebene des Appells fragt sich der Empfänger, was er tun, fühlen oder denken soll. „Die Ampel ist grün." könnte beispielsweise eine klare Handlungsaufforderung zum Losfahren sein.

Auf der Beziehungsebene des Empfängers werden Gestik, Mimik, Körperhaltung und Tonfall des Senders genau analysiert und auf Grundlage der Beziehung zwischen Sender und Empfänger bewertet. „Die Ampel ist grün" kann, abhängig von der Beziehung, z. B. als Angriff auf das Fahrverhalten oder als Herabwürdigung gewertet werden („Du bist so schlecht, du siehst nicht mal die grüne Ampel!").

Nun wird deutlich, dass eine vermeintlich einfache Nachricht an vielen Stellen missverstanden werden kann. Deshalb kommt es oft, im Verlauf eines Streits, zu der Aussage „Das habe ich doch gar nicht so gemeint!".

Neben diesen Ebenen kommt im Berufsleben noch die horizontale und die vertikale Ebene dazu. Auf der horizontalen Ebene werden Grundwerte des Unternehmens an die Mitarbeiter vermittelt. Hier ist das Verhalten von Vorgesetzten stets unter Beobachtung. Macht der Chef gerne Kaffeepausen oder hebt er Papier auf, das am Boden liegt? Vorgelebtes Verhalten wird übernommen.

Die vertikale Ebene dient zur Kommunikation zwischen Chef und Mitarbeitern. Hier entstehen oft Missverständnisse, wenn der Vorgesetzte zum Beispiel die Aufgabenstellung nicht klar und verständlich formuliert hat. Schwierigkeiten in der Kommunikation kann es auch geben, wenn der Vorgesetzte nicht über entsprechendes Fachwissen verfügt und sich von seinem Mitarbeiter trotzdem nichts sagen lassen will.

10 Tipps für eine gewaltfreie Kommunikation mit Kindern

Wenn Eltern Probleme mit der Erziehung ihrer Kinder haben, dann wird oft das Wort „Erziehungsführerschein“ in den Mund genommen. Jedoch ist so ein Papier gar nicht nötig, denn wer seine Kinder so erzieht, wie er selbst erzogen werden möchte und auch noch auf sein Bauchgefühl hört, macht in der Regel nichts verkehrt.

Da wir alle aber aus unterschiedlichen Familien stammen, sind die eben genannten Vorstellungen und Werte nicht immer gleich. Daher finden Sie nun zehn Erziehungssünden, die Sie auf jeden Fall vermeiden müssen.

Nummer 1

Die wahrscheinlich größte Sünde in der Erziehung ist körperliche und seelische Gewalt an Kindern. Hierzu zählen unter anderem Erniedrigungen, verletzende Äußerungen und die Herabsetzung der Kinder.

Nummer 2

Vielen Eltern rutscht einmal das eine oder andere Wort heraus, welches sie später bereuen. Seien Sie hier nicht so streng mit sich selbst. Jeder macht einmal Fehler in der Erziehung. Oft machen Eltern sich selbst schwere Vorwürfe, wenn sie sich dem eigenen Kind gegenüber nicht so verhalten haben, wie sie es von sich erwarten. Das Gute an dieser Sache ist, dass Kinder eine große Toleranz gegenüber Fehlern aufweisen. Am wichtigsten ist, dass Sie hier das eigene Fehlverhalten erkennen und eine ähnliche Situation in der Zukunft anders lösen.

Nummer 3: Kein Interesse zeigen.

Jedes Kind ist sehr stolz auf das Erreichte und Ihr Kind möchte Ihnen mitteilen, was passiert ist. Wenn Sie hier kein Interesse zeigen oder sogar überheblich reagieren, dann fügen Sie dem Kind seelische Schmerzen zu und setzen das Kind herab. Oft ist das Kind mit einem kurzen Moment der Aufmerksamkeit zufrieden, in dem Sie Ihre Tätigkeit unterbrechen und Ihrem Kind bewusst zuhören.

Nummer 4: Kein gutes Vorbild sein.

„Wir können Kinder nicht erziehen, die machen uns doch eh alles nach.“ Dieser Satz des Komikers Karl Valentin bringt es auf den Punkt, dass die Erziehung durch das Vorbild sein der Eltern lebt. Sie können als Eltern noch so viel reden, wenn Sie dann das Gegenteil des Gesagten vorleben, dann werden Sie keinen Erfolg in der Erziehung haben. Wenn Sie sich selbst zu sehr zwingen, die perfekten Eltern zu sein, dann wirkt das auf das Kind und auf alle anderen Anwesenden sehr künstlich. Aber ich kann Ihnen sagen, Sie müssen nicht perfekt sein, um dem Kind eine gute Erziehung vorzuleben.

Nummer 5: Missbrauchen Sie Ihr Kind nicht als ein Statussymbol

Viele Eltern missverstehen das eigene herausgeputzte und gestriegelte Kind als ein Statussymbol. Aber in dieser Rolle berauben Sie das Kind der eigenen Persönlichkeit und es fehlt jeglicher Respekt vor dem Kind.

Nummer 6: Vergleichen Sie das Kind nicht mit anderen Kindern

Jedes Kind ist einzigartig. Sein Wesen und seine Stärken und Schwächen sind einmalig. Sie müssen vermeiden sich selbst mit anderen Eltern zu vergleichen und Sie müssen auch vermeiden Ihr Kind mit anderen Kindern zu vergleichen. Alle Eltern und alle Kinder sind unterschiedlich und nicht vergleichbar. Wenn Sie etwas vergleichen, dann legen Sie Ihren Fokus auf etwas, das Sie oder das Kind nicht können und eine persönliche Entwicklung wird hierdurch erschwert.

Nummer 7: Überfordern Sie das Kind nicht

Unsere Gesellschaft ist eine Leistungsgesellschaft. Leider wird das viel zu häufig auf die eigenen Kinder projiziert. Die positive Absicht dahinter, dem Kind viel Bildung zu geben, raubt dem Kind aber auch die kindliche Spontanität und das freie Spielen. Beide Dinge sind für die kindliche Entwicklung extrem wichtig.

Nummer 8: Unterforderung ist auch nicht gut

Genauso schlecht, wie das Kind zu überfordern, ist es, das Kind zu unterfordern. Wenn Sie dem Kind keine Aufmerksamkeit schenken oder mit Ihrem Kind nichts unternehmen und Ihrem Kind nicht die Welt erklären, dann ignorieren Sie die Bedürfnisse des eigenen Kindes.

Nummer 9: Reizüberflutung

Wir leben in einer sehr schnelllebigen Zeit, in der jeden Augenblick neue Reize auf Ihr Kind einprasseln. Bringen Sie Ihrem Kind einen verantwortungsvollen Umgang mit TV, Smartphone und dem PC bei. Kontrollieren Sie hier zum Beispiel wieviel Zeit Ihr Kind mit diesen Medien am Tag verbringt. Ein sinnvoller Umgang ist hier entscheidend für die positive Entwicklung des Kindes.

Nummer 10: Eltern als Kumpel des Kindes

Ihr Kind wird sich ab einem bestimmten Alter jeden Tag ein bisschen mehr von Ihnen als Eltern entfernen. Dies ist ein ganz normaler Vorgang, der gerade in der Pubertät zu beobachten ist und oft zu Stress untereinander führt. Es ist in dieser Phase wichtig, dass das Kind seinen eigenen Platz in der Gesellschaft findet und lernt, sich von den eigenen Eltern abzugrenzen. Wenn Sie als Eltern hingegen eine kumpelhafte Beziehung zum Kind haben, kann dies für das Kind sehr viel Verwirrung hervorrufen.

So gehen Sie am besten auf äußere Kritik ein.

Kommentare wie „Euer Kind schläft noch immer in eurem Bett?“ oder „Mein Kind dürfte nie so viel vor dem TV sitzen, wie euer Kind.“ Alle Eltern sollten darauf vorbereitet sein, dass jede Person Ihr Kind besser erziehen kann, als Sie selbst. Diese Personen haben natürlich keine eigenen Kinder und wissen auch in anderen Bereichen des Lebens alles besser. Dieses Feuer der Kritik ist für Eltern ab einem gewissen Zeitpunkt nicht mehr auszublenden und sie beginnen, an Ihrer eigenen Erziehung zu zweifeln.

Bleiben Sie in diesen Situationen als Eltern locker. Nehmen Sie die Kritik nicht all zu ernst. Wenn die Kritik für Sie sinnvoll erscheint, dann können Sie diese Punkte in Ihrer Erziehung mit einfließen lassen. Denken Sie in aller Ruhe über die Tipps der anderen Leute nach. Wenn Sie mit der Zeit immer das gleiche hören, dann legen Sie sich einfach ein paar Antworten zurecht, die Sie darauf antworten können.

Kommt die Kritik von Familienangehörigen, Freunden oder Verwandten, können Sie wie folgt nach deren Meinung fragen: „Okay, das ist ja interessant. Was schlägst du vor, wie hätte ich anders darauf reagieren können?“. Ob Sie dann die darauffolgende Antwort umsetzen oder nicht, bleibt Ihnen überlassen.

Die effiziente Kommunikation mit dem Kind

Die Kommunikationsmodelle stimmen darin überein, dass es bei Nachrichten um mehr geht, als den reinen Inhalt. Die verschiedenen Ebenen können vom Sender anders bewertet werden als vom Empfänger. Daher sollte sich jeder die unterschiedlichen Ebenen einer Nachricht bewusst machen und im Idealfall die Nachricht so senden, dass sie richtig, also wie vom Sender gewünscht, aufgefasst und verstanden wird. Da die zwischenmenschliche Kommunikation aber nicht so einfach ist, sollten einige Grundlagen und Techniken berücksichtigt werden.

Dazu müssen aber nicht nur die einzelnen Ebenen einer Nachricht beachtet werden, sondern auch Wortwahl, Ton und Körpersprache stimmig sein. Wenn wir „Ja" sagen, jedoch den Kopf dabei schütteln, sind wir unglaubwürdig.

Die Körpersprache ist die älteste Art der Kommunikation. Wir haben uns über Haltung, Gestik und Mimik schon unterhalten, bevor Menschen Laute und Worte formen konnten. Viele Aspekte der Körpersprache finden völlig unbewusst statt. Das heißt zum einen, gewisse körperliche Reaktionen lassen sich nicht steuern, wie etwa das Erröten. Es bedeutet aber auch, dass bestimmte Körperhaltungen genutzt werden können, um zum Beispiel offener und freundlicher zu wirken.

Neben der angemessenen Körperhaltung und Ausdrucksweise ist auch die Stimme ein wichtiges Instrument zur Kommunikation. Ein gebrülltes „Halt!" bewegt den Zuhörer eher zum Stehenbleiben als ein geflüstertes.

Das Gesamtpaket aus Nachricht, richtiger Wortwahl und Körperhaltung unterstützt das Gesagte und ist zusammen mit dem passenden Tonfall der Stimme für eine gute Kommunikation unabdingbar. Zuhörer können das Lächeln des Sprechers in der Stimme wahrnehmen, auch wenn der Sprecher nicht zu sehen ist. Das gesprochene Wort hört sich anders an, wenn der Sprecher steht. Daher wird in Bewerbungscoachings oder Seminaren gerne auf Rollenspiele zurückgegriffen, um eine offene Körperhaltung zu üben.

Bevor Sie sich an ein Rollenspiel wagen, um Ihre Körpersprache zu verbessern, sollten Sie zunächst Ihren Kommunikationsstil analysieren. Hier ist neben der Eigen- auch die Fremdwahrnehmung wichtig, denn nur wenn Sie herausgefunden haben, warum Sie eine bestimmte Wirkung auf Ihre Gesprächspartner haben, können Sie etwas verändern und verbessern und eine bestimmte Gestik und Mimik nutzen, um Ihre Argumente zu unterstreichen und überzeugender zu sein.

Die Selbstwahrnehmung

Unsere Körperhaltung und Gestik haben nicht nur einen Einfluss darauf, wie unsere Nachrichten vom Empfänger aufgenommen werden, sie beeinflussen auch uns selbst. Wenn wir mit gesenktem Kopf und nach unten gezogenen Mundwinkeln gehen, dann verschlechtert sich unsere Laune. Gehen wir mit Selbstzweifeln und dem Gedanken, unvorbereitet zu sein, in ein Meeting, dann vermitteln wir unserem Gegenüber, dass wir gar nicht hier sein wollen. Ein Gespräch kann so nicht den positiven und konstruktiven Verlauf nehmen, den es mit einer anderen Körperhaltung genommen hätte. Positive Gedanken und eine gerade Körperhaltung mit Lächeln haben einen positiven Effekt. Probieren Sie es aus, lächeln Sie bewusst ein, zwei Minuten. Sie werden merken, wie sich Ihre Laune bessert.

Ein Mensch nimmt seine eigene Stimme, Körperhaltung, Gestik und Mimik anders wahr, als seine Mitmenschen. Sie werden bestimmt schon einmal eine Aufnahme Ihrer Stimme gehört haben und sich nicht sofort erkannt haben. Die Körpersprache verrät anderen oft mehr über den Sender, als dem Sender bewusst ist. So können Menschen, mit denen der Sender vertraut ist, oft schon an kleinen und unbewussten

Gesten die aktuelle Stimmung des Senders erkennen. Eingespielte Kommunikationspartner können sich oft ohne Worte, nur durch einen Gesichtsausdruck, eine Körperhaltung oder eine Geste verständigen.

Die Fremdwahrnehmung

Die Fremdwahrnehmung ist das, was, salopp gesagt, beim Gegenüber ankommt, also, wie die gesamte Körpersprache vom Empfänger gedeutet wird. Ist die Körpersprache nicht mit dem gesprochenen Wort in Einklang, wirkt der Sender nicht authentisch, unehrlich oder unsicher. Fehlt die Körpersprache, wie zum Beispiel beim Telefonieren, wird die Deutung des gesprochenen Wortes schwieriger.

Das Johari-Fenster

Die Sozialpsychologen Joseph Luft und Harry Ingham entwickelten 1955 das Johari-Fenster. Dieses Modell wird vor allem zur Erklärung des „blinden Flecks" in der Selbstwahrnehmung genutzt.

Der blinde Fleck im Auge ist der Bereich, in dem man nichts sieht. Dies ist durch die Anatomie des Auges bedingt. Dass der blinde Fleck nicht ohne weiteres wahrgenommen wird, liegt zum einen daran, dass die Blickfelder der Augen leicht überlappen und so Informationen nie gleichzeitig im blinden Fleck beider Augen sein können. Zum anderen liegt es an der Verarbeitungsleistung des Gehirns.

Das Johari Fenster ist in vier Bereiche unterteilt. Die „öffentliche Person" ist alles, was ein Mensch bewusst oder unbewusst von sich preisgibt. Neben wahrnehmbaren Charakterzügen, dem Verhalten und Fähigkeiten zählt auch der soziale Status und der Bildungsgrad dazu. In diesem Bereich ist das Handeln frei von Ängsten und Vorbehalten.

Der private Bereich eines Menschen wird „mein Geheimnis" genannt und beeinflusst ebenfalls die

Selbstwahrnehmung. Dieser Bereich umfasst alles, was dem Menschen selbst bewusst ist, was er jedoch vor anderen Personen verbirgt. Vertrauen und Misstrauen anderen Menschen gegenüber beeinflusst die Größe dieses Bereiches.

Der „blinde Fleck“ umfasst alles, was andere über den Menschen wissen, was er selbst jedoch nicht erkennt. Ein großer blinder Fleck kann in der Kommunikation mit anderen hinderlich sein, dann stimmen oft Inhalt, Stimme und Körpersprache des Senders nicht überein.

Der Bereich „Unbekannt“ umfasst alles, was weder dem Sprecher selbst noch seinen Mitmenschen bekannt ist, z. B. verborgene Talente, die bisher nicht entdeckt wurden.

Eine Verbesserung der Kommunikation kann durch eine Verschiebung vom Bereich „blinder Fleck" hin zum Bereich „öffentliche Person" erreicht werden. Dies kann z. B. über Feedback erreicht werden, wenn also Kommunikationspartner auf ein bestimmtes Verhalten aufmerksam machen. So können beispielsweise Angewohnheiten, die als störend wahrgenommen werden, oder eine verschlossene, unfreundliche Körperhaltung verändert und verbessert werden.

Auch Verschiebungen vom Bereich „mein Geheimnis" hin zum Bereich „öffentliche Person“ können die Kommunikation verbessern. Der Sprecher öffnet sich anderen, er wird besser verstanden und Missverständnisse werden weniger.

Körpersprache analysieren

Das Analysieren der eigenen Körpersprache gelingt am besten, wenn Sie sich in bestimmten Gesprächssituationen mit der Kamera aufnehmen. Um einen Überblick über Ihr aktuelles Verhalten zu bekommen, sollten Sie Personen, denen Sie vertrauen und bei denen Sie sich wohlfühlen, befragen. Machen Sie sich hier ruhig Notizen.

In weiteren Aufnahmen können Sie mit diesen Personen auch Themen ansprechen, die Ihnen unangenehm sind. Auch Rollenspiele zu Situationen, in denen Sie sich unsicher fühlen, sollten Sie aufnehmen. Wenn ein wichtiges Gespräch ansteht, auf das Sie sich gezielt vorbereiten möchten, bitten Sie Ihre

Kommunikationspartner, diese Situation mit Ihnen durchzuspielen.

Zuerst sollten Sie diese Aufnahmen alleine betrachten und sich bewusst damit auseinandersetzen, was Sie dort von sich sehen. Die Fragen „Wie wirke ich?", „Wie höre ich mich an?", „Was wollte ich in der Situation zum Ausdruck bringen?", sollten Sie für jede Situation beantworten. Machen Sie sich Notizen und sehen Sie sich die Aufnahmen mehrfach an, bis Sie jeden Aspekt wahrgenommen haben. Sie können so einen Eindruck darüber erhalten, wie sich Ihre Körperhaltung je nach Situation verändert. Auch Veränderungen in der Stimmlage und Mimik sollten Sie beobachten und bewerten.

Im nächsten Schritt sollten Sie die Aufnahmen mit den Menschen ansehen, mit denen Sie diese Aufnahmen gemacht haben. Fragen Sie nun diese Personen nach Feedback zu Ihrer Kommunikation. Neben den Fragen, die Sie sich schon vorher gestellt haben, sollten Sie auch der Frage nachgehen, ob es etwas an Ihrem Verhalten gibt, was Ihre Kommunikationspartner stört, oder was diese als nicht stimmig empfinden.

Körpersprache richtig einsetzen

Mit der richtigen Haltung, einer passenden Geste oder Mimik lassen sich Nachrichten gezielter senden. Doch wie lassen sich bestimmte Botschaften nonverbal transportieren, ohne dass es zu gezwungen, steif und gespielt wirkt?

Sie müssen gewünschte Haltungen und Gesten üben. Das können Sie vor dem heimischen Spiegel machen oder Sie üben mit Ihren Mitmenschen und nehmen das Ganze auf. So können Sie auch Unterschiede besser vergleichen. Sie können auch in Rollenspielen mit einem Beobachter üben. Der unbeteiligte Beobachter kann die Situation jederzeit anhalten und Sie direkt auf unerwünschtes Verhalten oder unpassende Mimik und Gestik aufmerksam machen und Ihnen so Ihr Verhalten ins Bewusstsein rufen.

Bevor Sie mit dem Üben anfangen, sollten Sie sich konkret überlegen, was Sie an Ihrer Körpersprache verändern möchten.

Körperhaltung

Wenn Sie aufrecht stehen, Ihre Schultern gestrafft haben und fest auf beiden Füßen stehen, dann vermitteln Sie Vitalität, Tatendrang und Sicherheit. Lassen Sie dagegen Ihre Schultern hängen, und knicken mit dem Oberkörper ein, wirken Sie müde und schlaff. Mit gesenktem Kopf wirken Sie zudem unsicher.

Gang

Wenn Sie mit gesenktem Kopf, hängenden Armen und einer Gesamthaltung wie Wackelpudding schlurfen, können Sie nicht erwarten, dass Kommunikationspartner Sie als interessiert und aufmerksam wahrnehmen. Auch Sicherheit bzw. Unsicherheit kann am Gang abgelesen werden. Einen positiven Eindruck machen Sie, wenn Sie mit sicherem Schritt und aufrechtem Gang in angemessenem Tempo gehen.

Gesichtsausdruck

Durch den Gesichtsausdruck werden vor allem Emotionen transportiert. Ein freundliches Lächeln oder ein mürrischer Gesichtsausdruck machen selbst bei der

Kommunikation am Telefon einen großen Unterschied. Der Kommunikationspartner ist dazu in der Lage, ein Lächeln zu hören.

Haben Sie das Feedback erhalten, dass Sie zu ernst schauen, können Sie vor dem Spiegel üben. Lächeln Sie auf unterschiedliche Arten in den Spiegel und finden Sie Ihr Lächeln, das freundlich und natürlich wirkt. Üben Sie, dieses Lächeln beim Sprechen beizubehalten.

Gesten

Gesten können dem gesprochenem Wort Ausdruck und Nachdruck verleihen. Sie können aber auch bedrohlich und einschüchternd wirken. Eine unbewusste Geste kann Sie für Ihren Gesprächspartner auch unsympathisch werden lassen. Ein wiederholtes Kratzen am Kopf kann Unsicherheit bedeuten und zu viele Gesten lassen den Inhalt Ihrer Botschaft verschwinden.

Stimme

Der Ton macht die Musik. Auch die Stimme ist ein Kommunikationsmittel. Sie kann sich vor Nervosität überschlagen. Sie können aber auch Autorität in die Stimme legen. Genau wie bei der Gestik und Mimik sollten Sie Ihre Aufnahmen nach Auffälligkeiten durchsuchen. Genauso wie das Lächeln, können Sie üben, in angemessenem Tempo und mit angemessenem Tonfall zu sprechen.

Wichtig bei allen Veränderungen und Anpassungen Ihrer Körpersprache ist, dass Sie nicht übertreiben. Sie wirken sonst gekünstelt und bewirken das Gegenteil von dem, was Sie durch bewussten Einsatz von Gestik und Mimik erreichen wollten. Wichtig ist immer, dass Ihre Körpersprache zu Ihnen und der Situation passt.

Gute Vorbereitung

Wenn Sie sich gezielt auf ein wichtiges Gespräch vorbereiten möchten, sollten Sie einiges beachten.

Sie sollten sich beim Thema des Gesprächs auskennen. Die Fragen „Welche Argumente habe ich?", und „Was könnten Gegenargumente sein?", sollten Sie im Vorfeld beantworten können.

Wählen Sie angemessene und passende Kleidung aus. Tragen Sie diese unbedingt vorher einmal. Wenn die Kleidung Ihre Bewegungsfreiheit einschränkt oder kratzt, sollten Sie andere Kleidung auswählen. Fühlen Sie sich in Ihrer zweiten Haut nicht wohl, zeigen Sie das unbewusst durch Ihre Körpersprache. Die Selbstsicherheit, die Sie ausstrahlen möchten, wird zunichtegemacht. Zudem wirken Sie in Kleidung, die Sie nicht gerne tragen, nicht authentisch. Ihre guten und soliden Argumente können dadurch an Überzeugungskraft verlieren.

Gleiches gilt auch für übertriebene Gestik und Mimik. Sie können durch Ausprobieren und Aufnahmen herausfinden, wie weit Sie mit Ihren unterstützenden Gesten gehen können, ohne einen aufgesetzten und gezwungenen Eindruck zu erwecken.

Zudem sollten Sie sich konkrete Ziele setzen. Beantworten Sie die Frage „Was will ich mit diesem Gespräch erreichen?" Sie sollten Sich auch Gedanken darüber machen, mit welchem Kompromiss Sie zum Beispiel bei Gehaltsverhandlungen zufrieden wären oder wie das ideale Ergebnis dieser Verhandlung für Sie aussieht. So sind Sie gut vorbereitet, wenn es zu einem Kompromiss kommt.

Des Weiteren sollten Sie Rahmenbedingungen schaffen, die Ihnen die Kommunikationssituation erleichtern. Wählen Sie einen Termin, der nicht vor Ihrer inneren Aufstehzeit liegt. Sorgen Sie dafür, dass Sie nicht gestresst sind, wenn Sie zu Ihrem Termin erscheinen, und nehmen Sie sich ausreichend Zeit für das Gespräch. Verschieben Sie, wenn nötig, andere

Termine bereits im Vorfeld. Achten Sie darauf, dass der gewählte Ort dem Anlass angemessen ist.

Richtig Zuhören

Nachdem Sie Ihre eigene Kommunikationsfähigkeit verbessert haben und sich in Gesprächen der unterschiedlichen Ebenen bewusst sind, auf denen Sie kommunizieren und die Ihr Gesprächspartner hört, sind Sie Ihrem Ziel schon nähergekommen. Doch sollten Sie sich jetzt noch mit der anderen Seite befassen: dem Zuhören.

Kommunikation ist immer ein Dialog. Der Empfänger einer Nachricht wird zum Sender seiner eigenen Nachricht. Im Idealfall verstehen sich beide Kommunikationspartner und können ein konstruktives Gespräch führen. Richtiges Zuhören, den Gesprächspartner aussprechen lassen und Verständnis für das Gesagte zum Ausdruck zu bringen, ist jedoch nicht immer so einfach. Aktives Zuhören ist aber wichtig für den Erfolg der Kommunikation, denn nur wenn Sie Ihr Gegenüber richtig verstehen, die nonverbalen Signale richtig analysieren und erkennen was Ihnen neben dem Inhalt der Nachricht noch vermittelt werden soll, können Sie entsprechend antworten. Ein Gesprächspartner, der sich verstanden fühlt, ist eher für Ihre Argumente zugänglich, als jemand, der das Gefühl hat, Sie hören sowieso nicht zu. Zudem finden Sie durch richtiges Zuhören eher einen Zugang zu Ihrem Kommunikationspartner und können Ihre Argumente gezielter auswählen.

Ein guter Zuhörer fragt nach, wenn etwas unklar ist, und gibt in eigenen Worten wieder, was er verstanden hat. Hier geht es nicht um plumpes Nachplappern, sondern darum, dem Sender zu vermitteln, wie die Nachricht aufgefasst wurde. Wenn Sie den Redefluss Ihres Gesprächspartners nicht unterbrechen möchten, machen Sie sich Notizen und fragen Sie nach, sobald die Gelegenheit passend erscheint. Oft sind Vorträge in Einheiten unterteilt, die Nachfragen am Ende jedes Themenblocks ermöglichen. Bei Vorstellungsgesprächen wird der Personaler im Verlauf des Gesprächs immer die Frage stellen „Haben Sie noch Fragen?". Sie sollten nicht nur in dieser Gesprächssituation Fragen stellen. Denn Nachrichten können nicht nur auf verschiedenen Ebenen gesendet, sondern auch empfangen werden. Ist Ihnen der Gesprächspartner noch nicht so vertraut, entstehen mit

Sicherheit Unklarheiten, die durch gezielte Fragen geklärt werden können.

Aktives Zuhören beginnt schon mit Blickkontakt und Gesten wie dem Kopfnicken, wenn etwas verstanden wird. Durch Nachfragen, Verbalisieren, Erklären und Paraphrasieren können Sie Ihrem Gesprächspartner vermitteln, dass er und seine Nachrichten wichtig für Sie sind. Paraphrasieren meint das Wiedergeben des Gesagten in Ihren eigenen Worten. Durch Benennen der Gefühle, die Sie in der Nachricht wahrgenommen haben, dem Verbalisieren, zeigen Sie Verständnis für Ihr Gegenüber. Unklares klären Sie durch Nachfragen. Das ermöglicht es Ihnen, die Nachricht und den Sender besser zu verstehen und einschätzen zu können.

Alles, was Sie bisher bezüglich Ihrer Art zu kommunizieren gelernt und verbessert haben, können Sie jetzt beim aktiven Zuhören anwenden.

Missverständnisse und Konflikte

Auch wenn Sie Ihre Kommunikation verbessert haben und Ihre Gesprächspartner nun besser verstehen und auch besser verstanden werden, kann es weiterhin zu Missverständnissen, Konflikten und ergebnislosen Gesprächen kommen.

Missverständnisse lassen sich oft durch besseres Zuhören und Nachfragen klären, wenn sie auf der Sachebene beruhen. Ist die Beziehungsebene schuld an einem Missverständnis, wird es etwas schwieriger. Aber auch hier gilt: Fragen Sie nach! Nur wenn Sie herausfinden, warum das Missverständnis entstanden ist, kann es behoben werden. Sie erhalten zudem wichtige Einblicke und Verständnis für Ihre

Kommunikationspartner, sodass sich in Zukunft Missverständnisse vermeiden lassen.

Nachfragen, um Missverständnisse aus dem Weg zu räumen, ist immer wichtig, egal, ob Sie vermuten, dass Sie missverstanden wurden, oder ob Sie sich nicht sicher sind, wie die Kommunikation Ihres Gesprächspartners zu deuten ist. Gerade am Anfang der Zusammenarbeit mit neuen Kollegen oder einem neuen Team sollten Sie öfters nachfragen, wenn Sie das Gefühl haben, die Situation ist nicht eindeutig geklärt. Nur so lernen Sie und Ihre Gesprächspartner sich kennen und wird zukünftige Kommunikation effizienter.

Sind die Fronten verhärtet und es kommt zu einem Konflikt, reicht bloßes Nachfragen nicht aus. Oft wird die Frage „Wie haben Sie das jetzt gemeint?" nur als weiterer Anlass für einen Streit und nicht für einen Lösungsansatz genutzt. Wenn Sie in einen Streit geraten sind oder ein Konflikt schon länger anhält, ist es wichtig, sich diesen Umstand bewusst zu machen. Brechen Sie ein Gespräch ab. Machen Sie klar, dass man durch diesen Konflikt nicht weiter konstruktiv an Lösungen arbeiten kann. Analysieren Sie im Nachhinein, wie der Konflikt entstanden ist. Versuchen Sie, die Situation möglichst objektiv zu betrachten und beharren Sie nicht auf Ihren Standpunkten und Meinungen. Bemühen Sie sich um ein erneutes Gespräch mit den anderen, am Konflikt beteiligten, Parteien. Machen Sie klar, dass dieses Gespräch zur Konfliktlösung führen soll. Betrachten Sie möglichst neutral, wie der Konflikt entstanden ist. Wenn Sie die Möglichkeit haben, bitten Sie einen unbeteiligten Dritten als Moderator, die Gesprächsführung zu übernehmen. Legen Sie Regeln fest, nach denen das Gespräch ablaufen soll. Jeder darf seinen Standpunkt ohne Unterbrechung darlegen. Es erfolgt keine Wertung des Gesagten. Schuldzuweisungen sind verboten, denn mit Aussagen wie „Aber ich habe nicht angefangen!" können Sie den Konflikt nicht lösen. Sie und Ihr Konfliktpartner müssen zu einem offenen und ehrlichen Gespräch ohne Vorwürfe bereit sein, um gemeinsam Lösungsansätze zu finden. Gelingt es Ihnen, gemeinsam die Ursachen des Konflikts aufzudecken, können Sie diese auch gemeinsam beseitigen.

Sich bewusst zu machen, was auf welcher Ebenen kommuniziert werden soll, dem Gesprächspartner aufmerksam zuhören und kompromissbereit zu sein, sind gute Voraussetzungen für eine effiziente, störungsfreie Kommunikation. Überlegen Sie sich stets, was und wie Sie etwas sagen, dann werden Sie auch verstanden. Wenn Sie außerdem aktiv zuhören, verstehen Sie Ihre Gesprächspartner besser und vermeiden Missverständnisse.

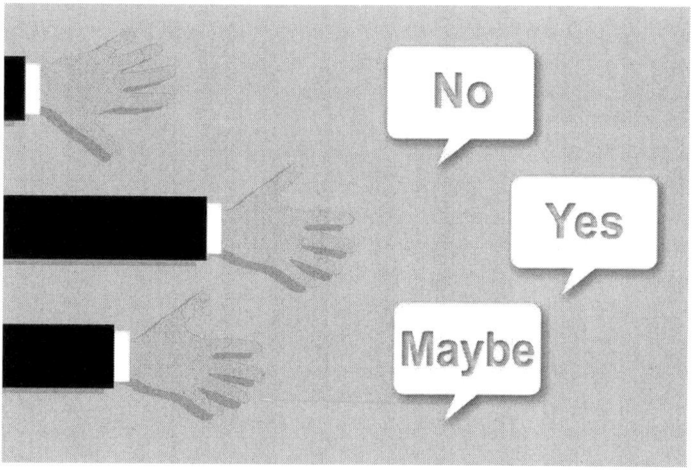

Tipps für erfolgreiche Kommunikation

Es gibt vieles, das bei einem wichtigen Gespräch, salopp gesagt, in die Hose gehen kann. Um Probleme bei der Kommunikation zu vermeiden, sollten Sie sich an folgenden Punkten orientieren. Mit etwas Übung wird Ihnen die Umsetzung dieser Leitsätze leichter gelingen und Ihnen ins Blut übergehen.

Definieren Sie das Ziel des Gespräches

Um sich entsprechend auf ein Gespräch vorzubereiten, sollten Sie sich im Vorfeld Gedanken über das Ziel machen. Was möchten Sie mit dem Gespräch erreichen? Welchen Ausgang möchten Sie auf keinen Fall erleben? Was wäre ein denkbarer Kompromiss für Sie? Die klare Definition von Zielen hilft Ihnen, zu ergründen, was Sie wirklich mit dem Gespräch erreichen wollen. Ihre Argumente können Sie dann im Hinblick auf Ihre Ziele ausarbeiten.

Um Ihre Ziele zu bestimmen, können Sie zum Beispiel die sogenannte „SMART"-Methode anwenden. Diese Methode wurde für das Projektmanagement entwickelt, lässt sich aber auch im Bereich der Kommunikation anwenden. „SMART" steht dabei für Eigenschaften, die ein Ziel haben sollte.

Specific – spezifisch, signifikant, bedeutend

Das Gesprächsziel sollte so eindeutig und klar wie möglich definiert werden. Umso genauer Sie Ihr Ziel kennen, desto einfacher gelingt es Ihnen, dieses Ziel zu kommunizieren.

Measurable – messbar, überschaubar

Nur wenn Ihr Ziel messbar ist, das heißt, eine Vergleichsgröße hat, kann Ihr Gesprächspartner dieses Ziel eindeutig verstehen und in Relation setzen.

Achievable – erreichbar, angemessen

Ihr Ziel sollte erreichbar sein.

Reasonable – realistisch

Nur realistische Ziele sind erreichbare Ziele.

Time-bound – terminiert, zeitgebunden

Ihr Ziel muss auf einen Zeitraum festgelegt sein.

Statt „Ich möchte mehr Gehalt." sollte das Ziel „Ich möchte einen Euro mehr Netto-Stundenlohn ab dem 1.1. des nächsten Jahres erhalten." lauten. Auf diese Weise können Sie die möglichen Kompromisse erarbeiten, die für Sie als Ausgang des Gesprächs akzeptabel sind.

Bereiten Sie sich vor

Gute Vorbereitung ist der halbe Erfolg. Sie sollten das Gespräch, das Meeting oder die Diskussion gedanklich durchspielen. Setzen Sie sich mit möglichen Gegenargumenten und Meinungen auseinander, die von Ihrer eigenen abweichen. Das verhindert, dass Sie in eine Situation geraten, in der Sie sich unsicher fühlen oder Ihnen die Worte fehlen.

Neben der Aufbereitung von Pros und Kontras sollten Sie Vorkehrungen bezüglich des Orts, der Zeit und Ihrer Kleidung treffen. Nichts ist schlimmer, als ein wichtiges Gespräch in Kleidung zu führen, die Sie lächerlich wirken lässt oder in der Sie sich sichtlich unwohl fühlen.

Richten Sie das Meeting aus, sorgen Sie im Vorfeld für Erfrischungen, Kaffee und bei langen Treffen auch für Snacks. Ein leerer Magen ist nicht so entscheidungsfreudig wie ein gefüllter. Außerdem sind hungrige Menschen streitlustiger. Keine guten Voraussetzungen also für eine gelungene Kommunikation.

Planen Sie zudem grob den zeitlichen Ablauf, inklusive kleiner Pausen, und behalten Sie während des Meetings einen Überblick über die verstrichene Zeit.

Sorgen Sie für eine angenehme Atmosphäre und schalten Sie Störfaktoren wie Handys und Telefone im

Vorfeld aus. Ständige Unterbrechungen machen es schwer, der Unterhaltung zu folgen und alles Wichtige zu erfassen. Zudem stören wiederholte Ablenkungen die Konzentration und senken die Kompromissbereitschaft.

Die Körpersprache sagt mehr als 1000 Worte

Eine offene und freundliche Körpersprache erleichtert Ihnen den Gesprächseinstieg. So können Sie eine positive Beziehung zu Ihren Gesprächspartnern aufbauen und für sich nutzen. Achten Sie darauf, dass Ihre Körpersprache dem Anlass und Ihrem Gegenüber angemessen ist. Einem Jugendlichen gegenüber können Sie sich anders verhalten, als gegenüber einem Vorgesetzten.

Ebenso sollte Ihre Körperhaltung den Charakter der Gesprächssituation widerspiegeln. Geht es locker zu, dann sollten Sie nicht stocksteif im Raum stehen. Verhandeln Sie mit einem Kunden, dem Professionalität sehr wichtig ist, ist eine zu offen wirkende Körpersprache nicht angemessen. Wenn Sie die Kommunikationsebenen berücksichtigen und das Wissen, das Sie über Ihre Gesprächspartner erworben haben, anwenden, entwickeln Sie ein Gespür für die passende Körpersprache.

Halten Sie Blickkontakt mit Ihrem Gegenüber. So drücken Sie auf einfache Weise Ihr Interesse aus und konzentrieren sich automatisch besser auf das Gespräch und den Inhalt der Nachrichten, die Ihnen vermittelt werden.

Kommunikationsebenen berücksichtigen

Es gilt nicht nur zu bedenken, was Sie wie ausdrücken, sondern auch, wem Sie Ihre Nachrichten übermitteln. Ein Experte sollte anders angesprochen werden als ein Laie. Einem gleichgestellten Kommunikationspartner begegnen Sie anders, als einem Vorgesetzten oder Untergebenen. Ebenso sollten Sie das Alter Ihres Gesprächspartners bedenken. Sie können durch Ihre Ansprache Ihre Wertschätzung zum Ausdruck bringen und so bewirken, dass Ihr Gegenüber offener für Ihre Argumente ist. „Sie als Expertin auf dem Gebiet..." oder „Durch Ihre jahrelange Erfahrung..." sind mögliche Einleitungen. Finden Sie jedoch auch hier, wie bei vielen Aspekten der Kommunikation, Ihren eigenen Stil, damit

Sie authentisch wirken und einem positiven Gesprächsverlauf nichts im Wege steht.

Hören Sie dem Kind aktiv zu

Achten Sie darauf, dass Sie wirklich im Hier und Jetzt der Unterhaltung sind. Wenn Sie ein gutes Gespräch führen möchten, ist es wichtig, dass Sie aufmerksam und aktiv zuhören. Analysieren Sie die Körpersprache Ihres Kommunikationspartners, betrachten Sie die Nachricht auf den verschiedenen Ebenen (Sach-, Selbstoffenbarungs-, Beziehungsebene und Appell) und bewerten Sie das Gesamtbild. Reflektieren Sie darüber, was Sie verstanden haben und fragen Sie nach, wenn etwas unklar oder zweideutig ist.

Lenken Sie das Gespräch mit Fragen in Ihre Richtung

Durch geschickt gestellte Fragen können Sie den Verlauf und das Ergebnis eines Gesprächs beeinflussen. Auch ist es Ihnen so möglich, Ergebnisse zu erzielen und verbindlich zu sichern. Zudem ist das Sammeln von Informationen durch gezielte Fragen einfacher und spart Zeit. Aus schwierigen Gesprächen können so konstruktive Gespräche werden. Dabei stehen Ihnen verschiedene Fragetechniken zur Verfügung.

Stellen Sie indirekte Fragen für mehr Informationen

Diese Fragen wirken höflich und drücken Ihr Interesse am Thema und Ihrem Gegenüber aus. Sie erzeugen eine positive Gesprächsatmosphäre und sorgen für eine entspannte Grundhaltung. Ihre Fragen beginnen mit „Könnten", „Würden", „Wären" oder „Sollten". Sie verwenden bei dieser Fragetechnik den Konjunktiv: „Könnten Sie mir die Papiere noch im Verlauf der Woche zukommen lassen?"

Mit dieser Fragetechnik bringen Sie Ihren eigenen Wunsch zum Ausdruck und sorgen dafür, dass Ihr Kommunikationspartner geneigt ist, diesen zu erfüllen. Dennoch geben Sie Ihrem Gegenüber die Möglichkeit, Ihre Bitte abzulehnen und seine Entscheidung zu begründen. Dadurch können Sie weitere Informationen erhalten.

Diese Fragetechnik eignet sich besonders dann, wenn Sie Ihre Gesprächspartner noch nicht gut kennen. Auch für zurückhaltende Kommunikationspartner ist diese Fragetechnik geeignet, da Sie Ihr Gegenüber dazu anregen und animieren, mehr als nur „ja" oder „nein" zu sagen.

Direkte Informationsfragen

Bei direkten Fragen beginnen Ihre Fragen mit einem W-Wort (was, warum, wie viel, wer, wohin etc.). Um bei dem Beispiel mit dem Bericht zu bleiben: „Wann schicken Sie mir den Bericht zu?". Hier kann Ihr Gesprächspartner nun bestimmen, wie lange es dauert, bis der Bericht fertig ist. Ihren Wunsch, die Papiere noch in derselben Woche zu erhalten, müssen Sie in einer weiteren Frage oder in einem weiteren Satz formulieren.

Diese Fragetechnik eignet sich, um Fakten abzufragen oder in Gesprächen mit Menschen, die Ihnen vertraut sind.

Reflektierende Fragen

Bei dieser Fragetechnik nehmen Sie Aussagen Ihres Gegenübers auf und fragen nach. Durch aktives Zuhören und die Verwendung von reflektierenden Fragen, lassen sich Missverständnisse vermeiden.

Sie können diese Fragetechnik auch nutzen, um Kompromisse zu schließen. „Finden Sie auch, dass...?" oder „Habe ich richtig verstanden, dass...?" sind Beispiele für diese Fragetechnik.

Besonders wenn Sie Ihre Gesprächspartner noch nicht gut kennen oder es in der Vergangenheit zu Missverständnissen oder Konflikten gekommen ist, sind reflektierende Fragen eine gute Möglichkeit, die Kommunikation zu verbessern und potenzielle Konflikte zu vermeiden. Auch wenn Sie mit mehreren Gesprächspartnern gleichzeitig sprechen, etwa in einem Meeting, eignen sich reflektierende Fragen, um die Standpunkte Einzelner zusammenzufassen und zu konkretisieren, sodass alle Gesprächspartner den gleichen Wissensstand erlangen.

Alternativfragen

Durch Oder-Fragen kann eine Entscheidung schnell herbeigeführt werden. Sie bieten Ihrem Kommunikationspartner zwei Möglichkeiten an, zwischen denen er wählen kann. Im Idealfall bestimmen Sie mit dieser Fragetechnik, welche, für Sie akzeptable, Lösungen zur Auswahl stehen.

Diese Technik sollten Sie bei Themen einsetzen, für die es offensichtlich nur zwei mögliche Lösungen gibt oder um Entscheidungsfindungen zu verkürzen, zum Beispiel, wenn Sie einen Termin für das nächste Treffen vorschlagen.

Kompromisse finden, Missverständnisse vermeiden und Konflikte lösen

Seien Sie stets kompromissbereit. Eine gute Kommunikation ist ein Geben und Nehmen. Nur wenn alle an einem Gespräch Beteiligten sich gehört und verstanden fühlen, gelingt die Umsetzung des Ergebnisses.

Wenn Ihnen trotz aktiven Zuhörens etwas unklar ist, scheuen Sie sich nicht, erneut nachzufragen. Nur wenn Sie Unklarheiten bereinigen, lassen sich Missverständnisse vermeiden.

Bemühen Sie sich, Konflikte durch Ansprache der Sachebene zu lösen. Holen Sie sich bei Konflikten Hilfe von unbeteiligten Dritten, die für Sie das Gespräch moderieren können.

Im Idealfall vermeiden Sie das Entstehen von Konflikten dadurch, dass Sie schon kleine Missverständnisse aus dem Weg räumen und von Anfang an auf eine offene und konstruktive Kommunikation mit Ihren Gesprächspartnern setzen.

Gewaltfreie Kommunikation beginnt bei den Eltern

Damit Sie im Umgang mit Ihrem Kind oder Ihren Kindern eine gewaltfreie Kommunikation ganz wie von selbst jeden Tag erleben, lesen Sie nun einige Tipps, Tricks und Herangehensweisen, mit denen Sie gewaltfreie Kommunikation üben können. Die folgenden Übungen gehen weit über das Thema Kindererziehung hinaus, denn sie üben eine positive Grundeinstellung zu Ihren Kindern, sich selbst und Ihrer Umwelt ein.

Freundlichkeit gewinnt jeden Tag

Beginnen Sie jeden Tag damit, etwas Positives zu sich selbst zu sagen. Die Worte, die Sie zu sich selbst sprechen, kommen am besten vor dem Spiegel über Ihre Lippen. Dabei spielt es keine Rolle, ob Sie sich selbst gratulieren oder ob Sie sich selbst ein Kompliment für

Ihre schönen Augen machen. Suchen Sie sich einfach etwas Positives aus, das Ihnen guttut.

Führen Sie ein Tagebuch

Schreiben Sie alle Erfahrungen, die Sie mit Ihren Kindern machen in ein Tagebuch. An Tagen, an denen die Erziehung nicht so glatt läuft, können Sie die positiven Tage Ihres Lebens nachschlagen und darin lesen. So werden Sie sich sehr schnell sehr viel besser fühlen. Denn genau darum geht es ja, dass Sie sich auf die positiven Aspekte konzentrieren.

Tun Sie sich selbst etwas Gutes

Versorgen Sie Ihren Körper jeden Tag mit dem, was er braucht. Dazu zählt gesundes Essen mit ausreichend Obst und Gemüse. Die tägliche Menge Entspannung darf natürlich auch nicht fehlen. Trinken Sie genug und schlafen Sie ausreichend, Bewegung darf natürlich auch nicht fehlen. Ein Spaziergang ohne Kind ist kann hier schon genügen.

Hören Sie auf zu vergleichen

Unterlassen Sie es ab sofort, sich mit anderen Menschen in Ihrer Umgebung zu vergleichen. Sie sind so, wie Sie sind, ein wunderbarer Mensch. Bleiben Sie so, wie Sie sind! Sie haben es nicht nötig, die billige Kopie Ihrer Nachbarn zu sein. Der einzige Mensch, mit dem Sie sich vergleichen dürfen, ist Ihre glücklichere Vision von sich selbst.

Denken Sie jeden Tag positiv

Sie kennen sicher Situationen mit dem Kind, in denen Sie am liebsten in einem Loch im Erdboden verschwinden würden. Oftmals sind solche Situationen dann im Nachhinein betrachtet, doch sehr lustig und in einigen Jahren werden Sie davon auch Ihrem Kind erzählen. Sie wissen nie, wofür es gut ist, dass sich eine Tür hinter Ihnen schließt. Aus eigener Erfahrung kann ich Ihnen sagen, dass sich oftmals mehrere neue Türen öffnen werden. Denn oftmals ist es besser, dass geschlossene Türen auch verschlossen bleiben.

Angst vor Fehlern ist fehl am Platz

Sie brauchen keine Angst haben, einen Fehler zu machen, oder einem Irrtum zu erliegen. Dies kann jedem Menschen passieren und ist kein Beinbruch! Zum Leben gehören Fehler einfach zu. Denn Fehler sind zum Lernen da. Nehmen Sie Ihre eigenen Missgeschicke dankend an. Machen Sie sich selbst damit nicht das Leben schwer.

Vertrauen Sie nicht all Ihren Gedanken

Negative Gedanken existieren zwangsläufig in Ihrem Kopf. Aber messen Sie diesen negativen Gedanken wenig bis keine Bedeutung zu. Denn solche Gedanken können die Welt und das Leben in einen grauen, tristen Platz verwandeln. Besser ist es, dass Sie sich die Situation, in der Sie gerade stecken, von außen voller Neutralität ansehen. Vielleicht bewerten Sie die Situation, in der Sie stecken als negativ, aber in der Realität ist sie es gar nicht? Hat Sie Ihr Kind wirklich abwertend behandelt? Oder haben Sie das in die Worte Ihres Kindes hineininterpretiert? Diese Änderung der Betrachtungsweiße kann Ihnen die Kindererziehung sehr viel erleichtern und dadurch verbessern.

Ziele setzten macht Spaß

Setzen Sie sich große und auch kleine Ziele. Aber alle diese Ziele müssen für Sie auch erreichbar sein. Solche Ziele wirken motivierend und Sie werden stolz auf sich sein, wenn Sie diese dann erreicht haben.

Loben Sie sich selbst

Für alles was Sie erreicht haben, sollten Sie sich auch loben. Dieses Verhalten ist weder arrogant noch selbstgefällig. Dadurch machen Sie sich nur bewusst, was Sie alles schon erreicht haben. Versuchen Sie das am besten gleich. Sie werden merken, wie toll es sich anfühlt. Denn Sie haben zum Beispiel dieses Buch bis zu diesem Punkt hier gelesen. Darauf dürfen Sie stolz sein. Dieses stolze Gefühl zaubert Ihnen bestimmt ein Lächeln auf das Gesicht.

Gönnen Sie sich eine Auszeit

Gönnen Sie sich jeden Tag eine Auszeit. Es spielt keine Rolle, ob diese Pause des Alltags nur zehn Minuten lang ist oder aber zwei Stunden. Wichtig ist aber, dass Sie in dieser Zeit Ihren Kopf frei bekommen und sich entspannen und glücklich sind.

Hören Sie immer auf Ihr Bauchgefühl

Nehmen Sie ganz bewusst wahr, was in Ihrem Körper passiert. Sollten Sie sich nicht gut fühlen, dann legen Sie sich hin oder entspannen Sie sich in einer ruhigen Ecke. Auf keinen Fall sollten Sie Schmerzen mit Tabletten bekämpfen. Versuchen Sie zu verstehen, was Ihnen Ihr

Körper damit sagen will. Vielleicht verlangen Sie im Moment einfach zu viel von sich selbst? Behandeln Sie sich und Ihren eigenen Körper stets gut und achten Sie auf dessen Zeichen. Ihr Körper teilt Ihnen immer mit, was er braucht und was nicht.

Probieren Sie neue Dinge aus

Wenn Sie Ihr Leben eintönig finden, dann müssen Sie ab und zu Ihre eigene Komfortzone verlassen. Denn dort beginnt Ihr wahres Leben erst. Beherzigen Sie dieses Wissen und freuen Sie sich über alles Neue und probieren Sie es einmal aus. Es ist ein atemberaubendes Gefühl, etwas Neue erreicht zu haben.

Vermeidbare Erziehungssünden

Noch vor wenigen Jahrzehnten war körperliche Gewalt, ein gängiges und anerkanntes Mittel, um Kinder zu erziehen. Mit einem Rohrstock wurde den Kindern richtiges Benehmen und Gehorsam eingebläut. Und auch das Mittel der Ohrfeige, die noch keinem geschadet hat, geistert noch durch viele Köpfen.

Wir können von Glück sagen, dass solche Erziehungsmaßnahmen heute bei Eltern nicht mehr angewendet werden. Denn Kinder haben laut Paragraph 1631, Absatz II des BGB ein Recht auf eine gewaltfreie Erziehung. Denn dort steht, dass entwürdigende Maßnahmen, seelische Verletzungen und körperliche Bestrafungen rechtlich nicht zulässig sind.

Eine Kindererziehung, die nur auf Gehorsam und Einschüchterung beruht, passt nicht mehr in unsere

Zeit. Aus diesem Grund müssen Eltern heute sehr viel Fingerspitzengefühl zeigen, um den eigenen Kindern eine gute und nachhaltige Erziehung zugutekommen zu lassen. Wir werden nun weiter erklären, welche Sanktionen auch noch heute akzeptiert werden und pädagogisch wertvoll sein können. Jedoch können die folgenden Punkte kein hundertprozentiges Patentrezept liefern, denn die Situationen in denen etwas nicht wie geplant läuft und auch die Kinder sind zu vielseitig.

Erniedrigung und Machtdemonstrationen sind nicht erlaubt

Das Ziel von erzieherischen Konsequenzen ist immer ein gewisser Lerneffekt, der beim Kind eintreten soll. Sie müssen sich als Eltern immer darüber bewusst sein, dass es bei einer Bestrafung nie darum gehen darf, Macht über das Kind auszuüben. Es geht vielmehr darum, dem Kind klarzumachen, dass es einen Fehler kein zweites Mal wiederholen darf. Sie als Eltern bestrafen immer nur das Verhalten und nie die Person. Werden Kinder aus Rachsucht heraus bestraft, dann entwickelt das Kind Ängste und es kann Selbstzweifel entwickeln.

Das Kind muss die Regeln kennen

Für das Kind ist es sehr wichtig, dass es weiß, was verboten und was erlaubt ist. Nur mit diesem Wissen, kann das Kind sein eigenes Verhalten richtig einschätzen. Das Kind muss vorher auch darüber informiert werden, was passiert, wenn es eine Regel bricht. Hierdurch können Eltern auf Absprachen verweisen und Sanktionen verhängen, die sinnvoll erscheinen.

Dosieren Sie Konsequenzen angemessen

Eine Strafe sollte immer zur Schwere des Vergehens passen. Wenn das Kind beispielweise nur eine freche Antwort gegeben hat, dann ist darauf ein Hausarrest für 14 Tage eine übertriebene Reaktion. Ist die Strafe zu hoch, dann löst dies beim Kind Aggression und Unverständnis aus. Es ist auch nicht produktiv, wenn jede Kleinigkeit negative Konsequenzen mit sich bringt. Sanktionen sollten immer wohldosiert angewendet werden. Wenn das Kind in einer ständigen Erwartungshaltung auf eine erneute Bestrafung wartet, wird dies das Familienklima stark belasten. Weiterhin wird das Kind dann nach einige Zeit eher unempfänglich für Strafen und es wird abstumpfen.

Erziehen Sie ohne Wut

Preschen Sie nicht mit Wut nach vorne, wenn das Kind etwas falsch gemacht hat. Es ist fair für Ihr Kind, wenn es die Chance erhält, sein Verhalten zu verbessern. Sieht das dann das Kind nicht ein, können die angedrohten Konsequenzen in die Tat umgesetzt werden. Hier ist es für Sie als Eltern enorm wichtig, in dieser Konfliktsituation die Ruhe zu bewahren. Wenn Sie aus einer schlechten Laune heraus eine Strafe verhängen, sind Sie im Unrecht. Denn Strafen, die so ausgeübt werden, sind in den meisten Fällen willkürlich und unangemessen.

Drohen Sie niemals ohne Durchführung der Androhung

Damit die angekündigten Sanktionen einen Effekt beim Kind haben, sollten Sie diese möglichst konsequent durchführen. Sie als Erziehungsberechtigte müssen vorher schon entscheiden, ob die angedrohte Strafe realistisch ist oder nicht. Wenn Sie eine Drohung machen, die dann nicht durchführbar ist („Wenn du nicht ruhig bist, rufe ich die Polizei.“) dann macht Sie das im Auge des Kindes unglaubwürdig. Solche Sätze laufen zu 100 Prozent ins Leere, da Sie die angekündigten Folgen nicht wahr machen.

Drücken Sie hin und wieder ein Auge zu

Ab und zu dürfen Sie als Eltern auch ein Auge zu drücken. Dies ist besonders dann zu raten, wenn Sie nach einem langen Tag müde und erschöpft sind. Auch bei schlechter Laune ist es ratsam, keine Strafen oder Konsequenzen auszusprechen. Wenn Sie emotional nicht geradlinig handeln können, ist die Gefahr groß, dass eine ausgesprochene Strafe nicht zur vorher ausgeübten Tat passt. Schauen Sie in solchen Situationen über das Verhalten des Kindes hinweg. Mildes Handeln kann in der Erziehung ebenso wichtig sein.

Die Strafe und das Vergehen müssen zusammenpassen

Um Ihrem Kind aus dessen Fehlverhalten lernen zu lassen, müssen die Konsequenzen immer einen nachvollziehbaren Zusammenhang für das Kind haben. Wenn Ihr Kind im Supermarkt immer laut ist und nach Süßigkeiten schreit, dann ist eine logische Konsequenz, wenn es das nächste Mal nicht mehr zum Einkaufen mitgenommen wird.

Ein Kind, welches sein Kinderzimmer nicht aufräumt, muss als Strafe selbst den Staubsauger in die Hand nehmen. So lernt es zu erkennen, dass in einem nicht aufgeräumten Kinderzimmer die Spielsachen auf dem Boden dem Staubsauger im Weg sind. Hier würde also ein Taschengeldentzug keinen Sinn ergeben.

Kinder im Alter bis zu sechs oder sieben Jahren müssen die Strafe auch relativ zeitnah nach dem Vergehen erhalten. Wenn das Kind um 13.00 Uhr etwas Falsches anstellt, macht eine Standpauke um 20:15 Uhr nach der Tagesschau keinen Sinn. Das Kind erkennt somit sofort sein Fehlverhalten und kann es dem Vergehen zuordnen.

Falls doch einmal die Ohrfeige vorkommt

Es kann einmal doch passieren. Sie als Eltern bemühen sich besonnen zu reagieren, aber die Konfliktsituation spitzt sich so zu, dass doch einmal die Hand ausrutscht. Oftmals stellen sich hier bei Eltern nach kurzer Zeit Schuldgefühle ein. Scheuen Sie sich dann als Elternteil nicht, diese dem Kind einzugestehen und ihm gleichzeitig zu erklären, dass das Verhalten des Kindes trotzdem falsch war. Sie zeigen hier, dass Sie als Mensch nicht unfehlbar sind und es wichtig ist, dass Sie für Ihr eigenes falschen Verhalten die Verantwortung übernehmen. Dies ist auch ein wichtiger Lerneffekt für das Kind.

Entziehen Sie keine Grundbedürfnisse

Ihrem Kind dürfen Sie nie Liebesentzug als Strafe androhen. Sätze wie „Jetzt will ich dich nicht mehr sehen." oder stundenlanges Ignorieren des eigenen Kindes machen dem Kind viel Angst und es wird stark verunsichert. Auch ist es nicht förderlich, das Kind ohne Abendessen ins Bett zu schicken. Sie missbrauchen somit die Grundbedürfnisse des Kindes, wie etwa Essen und Schlaf und dies wirkt sich extrem negativ auf die Entwicklung des Kindes aus.

Der Hausarrest, eine bekannte Strafe, darf eine Länge von drei Tagen nicht überschreiten. Auch sollten Sie diesen als Eltern sehr genau abwägen, denn diese Strafe macht auch nur dann Sinn, wenn das Fehlverhalten des Kindes etwas mit Zuspätkommen oder Weglaufen zu tun hat.

Nehmen Sie, wenn Sie eine Strafe aussprechen, den Vorfall nie persönlich und sehen Sie die Sache nie negativ. Diese Verfehlungen sind Meilensteine in der Entwicklung Ihres Kindes und gehören zum Leben dazu. Denn Fehler sind von der Natur aus der effektivste Weg, um etwas zu lernen.

Gewaltfreie Kommunikation und verschiedene Erziehungsstile

Der demokratische Erziehungsstil

Viele Untersuchungen von Wissenschaftlern zeigen, dass Ihr Kind sehr gute Entwicklungschancen hat, wenn Sie es im demokratisch geprägten Stil erziehen. Kinder, die so erzogen wurden, haben ein hohes Maß an Selbstvertrauen und sind zufrieden mit sich selbst. Auch sind diese Kinder leistungsfähiger als diejenigen, die nicht mit dem demokratischen Erziehungsstil erzogen wurden. Sie als Eltern haben die Verantwortung, Ihren Sprössling zu begleiten und zu führen. Geben Sie den Rahmen vor. Aber sie müssen auch offen für alle Bedürfnisse des eigenen Kindes und dessen Freiheiten sein. Sie befinden sich mit Ihrem Nachkommen immer im Austausch und treffen wichtige Entscheidungen immer gemeinsam.

Die emotionale Stabilität ist der größte Vorteil dieses Erziehungsstils. Hierdurch ermöglichen Sie es Ihrem Kind, sich zu einer selbstbewussten, eigenständigen Persönlichkeit zu entwickeln, die auch eine leistungsbereite Einstellung zu sich hat. Ihr Kind wird anderen Menschen mit Wertschätzung und Respekt begegnen.

Dieser Stil der Erziehung hat die Annahme, dass Ihr Kind von Beginn an eine vollwertige Person ist. Damit ist gemeint, dass Ihre Tochter oder Ihr Sohn Sie als Eltern braucht und Sie Ihrem Kind mit Wertschätzung und Respekt begegnen und Hin und wieder „Nein", aber auf liebevolle Art, sagen.

Der demokratisch geprägte Erziehungsstil bietet Ihnen folgende Merkmale:

- Die Erziehung geschieht immer abhängig von der Situation
- Sie befinden sich mit Ihrem Kind ständig im Austausch
- Eltern geben emotionale Sicherheit
- Sie geben Ihrem Kind flexible Vorgaben

- Sie leben einen wertschätzenden, respektvollen Umgang mit dem Kind vor

- Sie geben Ihrem Kind durch klare Regeln Orientierung und Sicherheit

- Sie haben eine Balance zwischen dem Einhalten von Regeln und den Konsequenzen, wenn Regeln nicht eingehalten werden

- Die Strafen oder Konsequenzen geben Ihrem Kind die Möglichkeit, aus Fehlern zu lernen

- Sie geben dem Kind Ich-Botschaften und machen keine Vorwürfe

- Sie bedanken sich bei Ihrem Kind und lassen das Kind mutig sein

- Sie sind authentische Eltern und sich darüber bewusst, dass jeder Mensch Fehler macht

- Sie sind einfühlsam und offen im Umgang mit den Emotionen des Kindes

- Sie fokussieren sich auf die Talente und Stärken Ihres Kindes

Der flexible Erziehungsstil

Eine Mischung aus verschiedenen Stilen der Erziehung stellt der flexible Erziehungsstil dar. Aber dessen Schwerpunkt liegt auf dem demokratischen Erziehungsstil. Bei dieser Art der Erziehung, erziehen Sie Ihr Kind immer an die Situation angepasst. In einigen Situationen können Sie durch klare Regeln und autoritäres Handeln Ihr Kind erziehen und in anderen Situationen entscheiden Sie und das Kind gemeinsam. Über bestimmte Dinge wird gemeinsam bestimmt (Besuch bei Oma oder im Zoo), während andere Entscheidungen von den Eltern alleine getroffen werden (Urlaub in Italien oder Malta).

Sie haben mit dem flexiblen Erziehungsstil den großen Vorteil, dass Sie situationsbedingt handeln können und kein flexibles Erziehungsmuster als Vorlage benötigen. Je nach Situation und nach Konfliktpotential können Sie strenger oder lockerer reagieren. Sie zeigen somit Ihrem Kind, dass Sie großes Interesse an ihm oder ihr haben. Auch geben Sie Ihrem Kind immer auch genügend Spielraum, damit das Kind kreativ und eigenverantwortliche reagieren kann.

Der goldene Mittelweg der gewaltlosen Kommunikation mit dem Kind

Unsere Urgroßeltern hielten die extreme autoritäre Erziehung für den besten Weg, jemanden auf das Leben vorzubereiten. Auch war die antiautoritäre Erziehung der 68er Generation nicht der beste Weg für eine gute Erziehung. Denn heute ist klar, dass weder die grenzenlose Freiheit noch die autoritäre Erziehung für eine Person geeignet ist. Die beste Erziehung für jedes Kind ist die goldene Mitte dieser Erziehungsstile. Nicht zu autoritär, aber auch nicht zu viel Freiheit ist heute in der Erziehung der beste Weg, der eine optimale Entwicklung garantiert. Die Entwicklungspsychologin Frau Diana Baumrind, fand heraus, dass Kinder, denen klare Grenzen aufgezeigt worden sind und die auf der anderen Seite mit viel Liebe erzogen worden sind, sich zu unabhängigen, unternehmungslustigen, zufriedenen und selbstbewussten Personen entwickeln. Ihrem Kind erleichtert ein Familienklima, das durch Offenheit, Liebe und Wärme ausgezeichnet ist, die Akzeptanz von Grenzen.

Es ist auch wichtig, dass Ihre Erziehung konsequent ist. Damit ist gemeint, dass, wenn Ihr Kind sich nicht an eine Regel hält, Sie entsprechend reagieren können.

Wenn Ihr Nesthäkchen hingegen etwas sehr gut macht, dann sprechen Sie ein Lob aus. Ihr Ziel muss immer sein, dass Ihr Kind für das eigene Handeln Verantwortung übernimmt.

Das Setzen von Grenzen

Unter Grenzen können Sie als Eltern einen Punkt verstehen, an dem es nicht mehr weitergeht. Diesen Punkt darf das Kind nicht überschreiten. Hält es sich nicht daran, muss es mit vorher angekündigten Konsequenzen rechnen.

Von entscheidender Bedeutung ist es, dass Ihre Tochter oder Ihr Sohn die Grenzen kennt. Es ist wichtig, dass Sie eine gewisse Hartnäckigkeit zeigen, wenn es um dieses Thema geht. Wenn Ihr Kind also eine Grenze überschreitet, dann müssen Konsequenzen folgen, denn sonst wäre eine Grenze ja obsolet. Denn nur so machen Sie auf den Ernst der Angelegenheit aufmerksam. Jedoch sind mit Konsequenzen nie physische oder psychische Gewalt gemeint.

Sie müssen vorher immer ankündigen, wie weit das Kind gehen darf und wo die Freiheit aufhört. Die Grenzen müssen für das Kind vorher absehbar sein und klar definiert werden. Sie müssen Regeln unmissverständlich formulieren. Es macht für Sie als Eltern und für das Kind keinen Sinn, wenn Erwartungen nur teilweise ausgesprochen werden.

Wenn sich das Kind nicht an die Vereinbarung hält, muss es wissen, dass es über die Grenze hinaus gegangen ist. Ihrem Nachkommen muss klar gemacht werden, dass es für die eigenen Fehler zur Verantwortung gezogen wird und Wiedergutmachung leisten muss.

Beispiele für Grenzen mit Kindern:

„Sei um 18.00 Uhr zuhause" oder „Nur am Sonntag darf der Fernseher eingeschaltet werden." Oder „Unterbrich Erwachsene nicht beim Sprechen" oder „Du darfst das Haus nicht alleine verlassen." Sagen Sie als Vater oder Mutter „Nein", dann ist dies eine Grenze und Ihr Kind muss seine Bedürfnisse Ihrer Grenze unterordnen.

Die Welt steckt für alle Kinder voller Geheimnisse und Aufregungen. All dies ist unüberschaubar, daher benötigt das Kind Grenzen, um sich in dieser Welt einmal alleine zurechtzufinden. Durch Grenzen geben

Sie eine Möglichkeit der Orientierung. Wenn Sie diese Orientierung nicht geben oder eben vorenthalten, dann wird es zwangläufig gegen Mauern laufen und sich dabei mehr oder minder dem Kopf stoßen.

Verschiedene Grenzen für Ihr Kind

Das Leben hält dem Kind selbst Grenzen bereit. Daher ist es nicht sinnvoll, wenn Sie dem Kind Grenzen vorenthalten. Auch wenn Oma und Opa sowie die Eltern immer so springen, wie es das Kind will, dann würde es früher oder später an eine natürliche Grenze stoßen. Auf der einen Seite setzten Institutionen und Personen, wie Lehrer, Erzieherinnen, die Schule oder Behörden Grenzen. Auf der anderen Seite hat nun einmal das Freibad im Herbst und Winter geschlossen. Wenn einmal wieder die Lokführer streiken, dann fahren keine Züge. Wenn ein Hotel ausgebucht ist, muss man nach Alternativen schauen.

Auch Grenzen der eigenen Person sind nicht zu vernachlässigen. Das Kind kann eben nicht wie Frank Sinatra Gitarre spielen. Eine Person muss acht Stunden schlafen, sonst ist sie müde. Die Handschrift erfordert Geduld, bis sie korrekt ist.

Grenzen sind eine Notwendigkeit

Wenn also das Leben selbst und die Umwelt jedem Menschen Grenzen aufzeigt, gibt es keinen Grund, das Kind glauben zu machen, die Welt wäre grenzenlos. Es ist also nicht von Vorteil, wenn Sie Ihr Kind zu 100 Prozent verwöhnen. Viel besser für die Entwicklung des Kindes ist es, schon früh mit dem Setzen von Grenzen zu beginnen, damit sich das Kind daran gewöhnt. Denn so fällt es dem Kind später im Leben viel leichter, Grenzen zu akzeptieren. Denn sonst würde sich das Kind im späteren Leben wundern, warum es nicht weiterkommt, wo doch früher zuhause alles möglich war, warum also jetzt nicht? So ein Verhalten kann die Eltern und das Kind in sehr unangenehme und peinliche Situationen bringen.

Da eine junge Person noch nicht in der Lage ist eine Situation oder Gefahr richtig einzuschätzen, sollten Sie

Grenzen auch gegen den Willen des Kindes setzten. Mit der Zeit erkennt es dann mit zunehmendem Alter auch den Sinn und Zweck dieser Regeln, Verbote, Gebote und Grenzen. Ihrem Nachkömmling wird klar, dass ein Zusammenleben nur mit diesen Prämissen besser klappt und man so auch mehr Freunde hat, wenn sich alle Personen an gewisse Grenzen und Regeln halten.

Ein Kleinkind sucht und braucht Grenzen. Da es mit Sicherheit auch bedürfnisorientiert ist, muss es diese wertvolle Erfahrung machen, dass seine Bedürfnisse oder Wünsche nicht im gleichen Augenblick befriedigt werden. Versäumen Sie also nicht, Ihrem Kind diese Grenzen aufzuzeigen, denn sie stellen eine Orientierungsmöglichkeit für das Kind dar. Die Überschreitung einer solchen Grenze sollte natürlich auch Konsequenzen haben. Denn nur so können Sie dem Kind die Grenze auch klar machen. Jedoch sollten Sie immer auf das richtige Verhältnis achten, damit dieses auch zum Fehlverhalten des Kindes passt.

Wie sollen Grenzen gesetzt werden?

Eine Grenze zu zeigen, bedeutet, dem Kind innerhalb seiner eigenen Verantwortung Orientierung zu geben.

Sie gebieten dem Kind wohlüberlegt Einhalt und leben Ihrem Kind die Regeln und Werte des Zusammenlebens vor. Immer mit dem Bewusstsein, dass die Grenzen dem Kind Sicherheit und Halt geben.

Das Setzten der Grenzen erfordert von den Eltern Standfestigkeit und Klarheit. Oft erleben wir heute aus der Verunsicherung, was falsch und was richtig ist, große Verunsicherung der Eltern. Sie haben Angst, dass die Kinder sie nicht mehr lieben. Auch im Vergleich mit anderen Eltern oder aus leidvoller Erfahrung innerhalb der eigenen Kindheit, vermeiden junge Eltern das Setzten von Grenzen.

Für Eltern bedeutet das, dass sie sich mit dem Setzten von Grenzen auch ab und zu unbeliebt machen und die Wut des eigenen Kindes aushalten müssen. In einer fast perfekten Welt erleben Sie als Eltern gerade mit dem Thema Grenzen, wie kompliziert die Erziehung und die Kommunikation mit einem Kind werden kann. Sie als Eltern müssen lernen, den eigenen Kompetenzen der Kindererziehung zu vertrauen und wichtiges von belanglosen Dingen zu trennen.

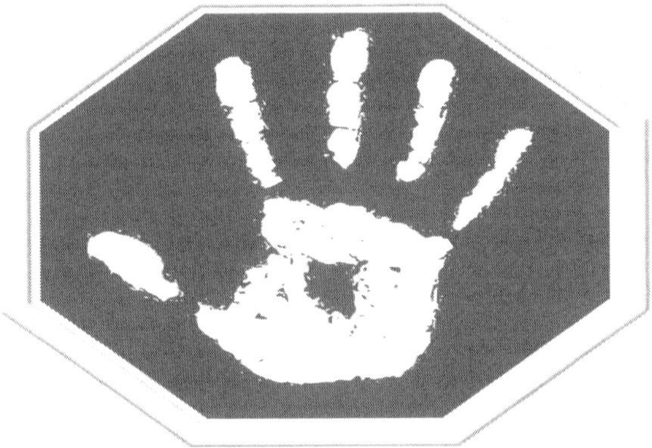

Wie vermeiden Sie die meisten Fehler im Umgang mit Kindern

Eine Reihe von Verhaltensweisen der Eltern führen dazu, dass sie nicht dafür sorgen, für was sie gedacht waren. Sie führen vielmehr dazu, dass Ihnen Ihr Kind nicht zuhört und Sie nicht ernst nimmt.

Sie formulieren eine Botschaft als eine Frage

Wenn Sie Ihr Kind fragen „Meinst du nicht, es ist bereits Zeit ins Bett zu gehen?“ so implizieren Sie in diesem Satz schon Ihre Vorstellung, dass es eben bereits Zeit ist ins Bett zu gehen. Aber diese Vorstellung kommt beim Empfänger nicht an, weil Sie Ihre Botschaft als Frage formuliert haben, in der Hoffnung das Kind kommt selbst auf die richtige Antwort. Somit wollen Sie einen Konflikt vermeiden. Viel besser wäre der Satz: „Es ist jetzt schon 20:30 Uhr und ich möchte, dass du ins Bett gehst." Die Zeit muss dem Kind bewusst sein und es muss auch wissen, wann die Zeit ist, um ins Bett zu gehen.

Sie stellen keinen Kontakt her

Stellen Sie sich einmal folgende Situation vor: Sie sind in der Küche und Ihr Sohn oder Ihre Tochter ist im Wohnzimmer mit Spielen beschäftigt. Nun sagen Sie etwas lauter aus der Küche in das Wohnzimmer „Ich möchte, dass du deine Jacke aufhängst." Diese Anweisung kommt für das Kind aus einem anderen Raum, der sehr weit weg ist und die Anweisung hat keinerlei Sinn, da es ja gerade mit etwas anderem beschäftig ist.

Wichtig ist hier, dass Sie zuerst zum Kind gehen, es unterbrechen, bis Sie die volle Aufmerksamkeit haben und dann sagen, was Sie zu sagen haben.

Denn nur so können Sie sicherstellen, dass Sie nicht überhört werden. Denn alle Kinder haben eine klare Tendenz, die unangenehmen Dinge oft zu überhören oder zu ignorieren, weil die Aufmerksamkeit der aktuellen Beschäftigung gewidmet ist. Zumal Ihr Sprössling sehr gut einschätzen kann, ob die Aufforderung der Eltern jetzt ernst ist oder mehr aus dem Hintergrund kommt und es ohne Gefahr möglich ist, darüber hinwegzuhören.

Viel mehr hilft es Ihnen und dem Kind, dass Sie bei unangenehmen Aufforderungen zuerst zum Kind gehen, sich dann auf Augenhöhe des Kindes begeben und die Aufforderung erst dann sagen, wenn Ihnen das Kind zu 100 Prozent zuhört.

Aufgaben und deren Ausführung nicht abwarten

Nach dem folgenden Muster verhalten sich Eltern häufig im stressigen Alltag.

Die Aufforderung die Jacke aufzuhängen wird dem Kind gegeben und dann wenden Sie sich als Elternteil vom Kind ab und machen etwas anderes. Nach einigen Minuten wundern Sie sich dann, warum die Jacke nicht aufgehängt wurde und wohin Ihr Sohn verschwunden ist.

Sie haben in dieser Situation mehr Erfolg, wenn Sie abwarten bis die Aufgabe auch wirklich ausgeführt wurde. In diesem Beispiel bedeutet es, dass Sie nach dem Satz „Bitte häng deine Jacke auf" noch stehen bleiben und warten, bis das Kind die Jacke aufgehängt hat. Nachdem es nun die Aufforderung ausgeführt hat, haben Sie die Möglichkeit ein Lob auszusprechen oder die Aufgabe zu wiederholen, wenn das Kind die Jacke nicht aufhängen will.

Negative Formulierungen einer Aufforderung

Sie als Eltern geben dem Kind besser eine Anweisung, anstatt ein Verbot auszusprechen.

Hier ein paar Beispiele:

- „Hört auf euch zu streiten!"
- „Hample am Tisch nicht so rum!"
- „Jetzt schmier doch nicht so rum!"

Eltern geben oft vor, etwas zu unterlassen, dass auf Anwesende im Raum als störend wirken kann. Aber damit lenken Sie die Aufmerksamkeit der Situation auf die negative Seite. Leider erhalten die Kinder somit keinen Hinweis, was nun zu tun ist.

Viel mehr Sinn macht es, eine positive Formulierung zu wählen:

- „Vertragt euch bitte!"
- „Setz dich ruhig an den Tisch!"

- „Iss mit dem Löffel, anstatt mit deinen Händen!“

Das Kind erhält so einen klaren Hinweis darauf, was es zu tun hat.

Ohne Vorwarnung eine Anordnung geben

Eltern sollte nie eine Anordnung ohne eine Vorwarnung aussprechen.

„Komm sofort hier her.“ Ihr Kind ist normal sehr intensiv mit der aktuellen Tätigkeit beschäftigt, die ihm oder ihr sehr am Herzen liegt. Es kann seine Tätigkeit nicht so schnell beenden und umschalten, wie das Erwachsene können und braucht daher eine gewisse Vorlaufzeit. Diese sollten Sie als Eltern immer mit einplanen.

Das sagen Sie am besten so:

- „In fünf Minuten gibt es Essen, spiel schon mal zu Ende.“
- „In zehn Minuten müssen wir los, leg deine Sachen schon einmal zurecht.“
- „Wenn du mit dem Spielen fertig bist, dann fang nichts neues an, wir müssen dann zu Oma.“

Keine Schuldfragen stellen

Schuldfragen müssen Sie unbedingt vermeiden. Hier ein paar Beispiele:

- „Was hast du schon wieder angestellt?“
- „Warum hast du denn das gemacht?“
- „Wieso hast du mich angelogen?“
- „Müsst ihr immer streiten?“

Das Stellen einer Schuldfrage, die oft mit Warum beginnt, dient nie der Forschung nach der Ursache, sondern dazu, dass das Kind die Schuld oder das Fehlverhalten zugibt. Dadurch fühlen sich Kinder in die Ecke gedrängt und geben oft eine ausflüchtige Antwort, wie „Weiß ich doch nicht!“, um damit die komische Situation zu überstehen. Jedoch wird durch so eine Antwort die Situation für das Kind nur noch viel aussichtsloser.

Fragen Sie daher nach einer Lösung, anstatt eine Warum-Frage zu verwenden.

- „Bring das in Ordnung!“
- „Was könnt ihr tun, damit ihr euch vertragt?“

- „Hast du eine Idee, wie du das Problem lösen kannst?"
- „Seht ihr eine Möglichkeit, wie ihr, ohne euch zu streiten, die nächsten 30 Minuten miteinander auskommt?"

Somit geraten Kinder niemals in die Defensive, sondern Sie unterstützen das Kind beim Versuch, das Problem zu lösen. Sie unterstellen somit auch, dass die Kinder in der Lage sind, die Situation zu klären oder das Problem zu lösen. Auch ein Appell, der zur Einsicht des Kindes führen soll, bringt eigentlich keinen Erfolg.

Die Einsicht eines Erwachsenen erwarten

„Jetzt musst du doch verstehen, dass dieser Film für dich nichts ist."

Eltern versuchen mit solchen Appellen, dass das Kind die Einsicht des Erwachsenen übernimmt. Aber Sie müssen akzeptieren, dass das Kind aus dem eigenen Erlebten etwas anderes wahrnimmt und empfindet, als ein erwachsener Mensch. Sie müssen daher als Eltern klar darlegen und erklären, was Ihre Erwartungshaltung ist.

Und das geht so:

„Ich möchte, dass du jetzt den Fernseher ausschaltest, weil ich der Meinung bin, dass der Film nicht für dich geeignet ist."

Unrealistische Strafen androhen

Nicht zielführend ist es, unrealistische Strafen anzudrohen.

- „Du bekommst 4 Wochen Hausarrest, wenn du den Fernseher nicht ausschaltest."
- „Wenn du nicht um 18:00 Uhr zu Hause bist, dann darfst du nicht mit in den Urlaub."
- „Iss den Teller leer, sonst erhältst du nichts zu essen."

Diese Drohungen bewirken, dass Ihr Kind verängstigt wird oder sie verunsichern es sehr stark. Ab einem gewissen Alter durchschauen Kinder auch solche Äußerungen und sie verfehlen somit deren Wirkung.

Viel erfolgreicher sind Konsequenzen, die zum Vergehen passen.

- „Wir haben dir untersagt vor 15:00 Uhr fern zu sehen. Schalte also den TV ab, sonst darfst du später deine Lieblingssendung nicht ansehen.“

- „Wenn du nicht wie abgemacht zu Hause bist, dann machen wir uns Sorgen um dich und du musst morgen den ganzen Tag zuhause bleiben.“

- „Wenn du nicht mehr hungrig bist, brauchst du es nicht aufzuessen. Allerdings bekommst du dann später auch keine Gummibärchen.“

Gewaltlose Kommunikation mit Ihrem Kind

Kompetente Eltern dürfen weder überstreng noch zu nachgiebig sein. Ihr Kind erwartet mit Recht von Ihnen als Eltern eine gewisse Leitung und Lenkung, Halt und Orientierung. Jedoch setzt dies weniger an Machtdemonstration nach außen, als innere Stabilität voraus.

Treffen Sie Vereinbarungen

„Lass uns bitte einmal gemeinsam überlegen, wie wir das Thema Zimmer aufräumen abschließend klären können. Das Zimmer von dir muss aufgeräumt werden, ich will hier aber mit dir gemeinsam sprechen, wie das am besten geregelt wird."

Vereinbarungen sind Absprachen, in die beide Seiten deren jeweilige Vorstellungen und Wünsche einbringen können und diese dann als Abmachung festlegen. Am besten ist diese schriftlich festzuhalten. So schaffen Sie es, unterschiedliche Vorstellungen anzugleichen und Regelungen mit Verbindlichkeit zu schaffen.

Es ist wichtig, dass Sie als Eltern darauf achten, dass so eine Vereinbarung von allen Seiten akzeptiert wird. Denn oft wird von Eltern eine Vereinbarung mit einer Verordnung verwechselt, die dem Kind einmal gegeben wurde.

Belohnen Sie positives Verhalten des Kindes

Wenn eine Vereinbarung eingehalten wurde, kann diese auch an eine Belohnung gekoppelt werden. Wird eine Vereinbarung jedoch nicht eingehalten, dann werden die Vergünstigungen wieder entzogen.

Viele Menschen wenden dagegen ein, dass durch das Geben von Belohnungen, für etwa Hausaufgaben, die Kinder geradezu erpressbar gemacht werden. Oder dass Kinder nur noch für materielle Belohnung arbeiten.

Jedoch wird hier übersehen, dass Sie als Eltern die Kinder durch Ihre Reaktion immer bestrafen oder belohnen. Denn Kritik oder Lob sind immer auch Bestrafung oder soziale Vergünstigung. Durch die wohlüberlegte Dosierung des elterlichen Verhaltens, wird diese Reaktion für die Kinder nachvollziehbar und somit transparent.

Durch eine positive Verstärkung wird die Wahrscheinlichkeit erhöht, dass ein Kind ein gewünschtes Verhalten (Hausaufgaben sofort erledigen) häufiger an den Tag legt.

Loben Sie das Kind

Wenn Sie nicht erwünschtes Verhalten bestrafen oder tadeln, dann sollten Sie als Gegeneffekt erwünschtes Verhalten des Kindes loben.

Achten Sie bei Ihrem Kind auf das richtige, lobenswerte und gute Verhalten.

- „Es freut mich, dass du pünktlich hier bist."
- „Toll, dass du mir heute geholfen hast."
- „Super, dass du das mitgebracht hast."

Kinder denen Aufmerksamkeit für positives Verhalten entgegengebracht wird, haben es nicht nötig, durch lautes Verhalten die Aufmerksamkeit der Eltern zu erzwingen.

Wenn Sie als Eltern Ihr Kind positiv loben möchten, dann beachten Sie folgendes: Sie loben Ihr Kind ab und an in Alltagssituationen, sodass es merkt, dass Sie gerne mit ihm zusammen sind. Das Lob, das Sie aussprechen, muss aufrichtig sein und nie strategisch oder taktisch. Sprechen Sie in solchen Situationen direkt mit Ihrem Kind. Sagen Sie nicht „Das ist gut.", sondern „Das hast du gut gemacht." Wenn Ihr Kind eine Aufforderung von Ihnen befolgt, dann loben Sie das Kind sofort. Auch durch Gestik oder Mimik, auf nonverbale Weise, können Sie Ihr Kind loben. Wenn Ihr Kind Regeln befolgt und Aufforderungen erfüllt, dann loben Sie es. Auch wenn Ihr Kind eine Aufgabe erledigt, ohne dass Sie darum bitten, dann sprechen Sie ein Lob aus. Wichtig beim Loben ist es, dass Sie keine abwertenden Nebensätze verwenden. „Das hast du toll hinbekommen, warum denn nicht immer so.“

Merken Sie sich folgendes, um das Lob korrekt zu verwenden:

- Lob erzeugt Stolz. Tadel macht schlechte Laune.
- Lob motiviert weiterzumachen. Tadel ruft Versagensängste hervor.
- Durch Lob richten Sie die Aufmerksamkeit des Kindes, auf sein Können. Tadel lässt das Kind auf seine Schwächen schauen.
- Lob verbessert die Selbstständigkeit einer Person. Tadel ist oft der Beginn eines Kampfes mit den Eltern.

Klare Regeln

Das Zusammenleben wird durch klare Regeln, die für alle Gültigkeit haben, enorm erleichtert. So ersparen Sie der Familie immer wieder aufflammende Diskussionen.

Es ist aber sehr wichtig, dass die Regeln von Zeit zu Zeit überprüft werden, ob diese noch sinnvoll sind und zur aktuellen Situation passen. Lebensveränderungen der einzelnen Personen können Änderungen an diesen Regeln veranlassen. Regeln können entweder von den Eltern vorgegeben werden oder das Ergebnis von Familiensitzungen sein.

Dies ist bei Anweisungen wichtig:

Sie können durch vorbeugende Maßnahmen viele Situationen mit Konfliktpunkten ausräumen. Aber es bleiben Situationen bestehen, in denen das nicht möglich ist. Hier müssen Sie dem Kind eine Orientierung durch eindeutige Aufforderungen geben. Diese entfalten dann ihre volle Wirkung, wenn Sie folgendes beachten:

- Sie können Aufforderungen nur dann stellen, wenn Sie diese durchsetzen können.

- Bevor Sie eine Aufforderung geben, müssen Sie sich als Eltern über die negativen und positiven Folgen im Klaren sein.

- Wenn Sie eine Aufforderung aussprechen, müssen Ihnen die Kinder ihre volle Aufmerksamkeit schenken. Also PC oder Handy ausschalten oder weglegen.

- Achten Sie darauf, dass das Kind mit Ihnen Augenkontakt hält.

- Geben Sie Ihre Aufforderungen direkt und bitten Sie nicht um etwas!

- Geben Sie nie mehr als eine Aufforderung zur gleichen Zeit.

- Bleiben Sie in der Nähe des Kindes, bis es der Aufforderung nachgekommen ist.

Das müssen Sie bei Strafen beachten

Sehr oft sind Eltern davon überzeugt, dass nur Strafen ein Weg sind, Kinder daran zu gewöhnen, bestimmte Regeln zu beachten oder gewisse Verhaltensweißen zu unterlassen und elterliche Vorgaben umzusetzen. Wenn Sie als Eltern von einer Strafe überzeugt sind, dann beherzigen Sie bitte die folgenden Empfehlungen:

Das Verhalten eines Erwachsenen, auch während der Kindererziehung und in Krisensituationen, ist durch folgendes gekennzeichnet:

- Würde und Respekt
- Kontrolle der eigenen Gefühle
- Besonnenheit
- Gelassenheit

Wenn Sie Strafen einsetzten, die zu einer gewünschten Verhaltensweise führen soll, dann beachten Sie folgendes:

- Behandeln Sie Ihr Kind so, wie Sie auch selbst behandelt werden möchten. Nämlich mit Respekt und Würde.
- Bevor Sie eine Strafe aussprechen, atmen Sie fünf Mal tief durch und zählen Sie zur Affektkontrolle bis 20.
- Denken Sie immer daran, dass Sie erwachsen sind und reagieren Sie besonnen.

Wenn in Ihrem Alltag mit dem Kind oft Situationen auftauchen, in denen Sie eine Strafe aussprechen wollen, dann fragen Sie sich, wie die eigene psychische Verfassung ist. Oft verhängen Eltern dann Strafen, wenn Sie selbst Stress haben. Also wird das Aussprechen einer Strafe mehr vom Gemüt der Eltern als vom Fehlverhalten des Kindes bestimmt.

Strafen, die Ihre Wirkung entfalten sollen, müssen einen Sinnzusammenhang mit dem Fehlverhalten des Kindes haben und sofort nach dem Vergehen ausgesprochen werden und nicht zwei Stunden später. Für Kinder sind verspätet ausgesprochene Strafen nicht zu verstehen. Eine Strafe muss immer absehbar sein und nicht gegen das Kind, sondern gegen die Handlung sein. Auch kann eine Vorwarnung sehr hilfreich sein und größeres Chaos verhindern.

Als Elternteil muss Ihnen klar sein, dass eine unbedachte oder willkürliche Strafe die Beziehung zu Ihrem Kind verschlechtern wird.

Bedenken Sie immer Ihre Situation in der Sie als Kind waren. Wie hat es sich für Sie angefühlt, wenn Sie bestraft wurden? Machen Sie sich bewusst, was Sie als Kind in so einer Situation wirklich gebraucht hätten, was Ihnen wirklich als Kind damals geholfen hätte.

Denn so können Sie sich viel besser in Ihr eigenes Kind hineinversetzten.

Bauen Sie eine liebevolle Beziehung auf

Einen großen Einfluss auf die zukünftige Entwicklung des Kindes hat das emotionale Klima, das in der Familie herrscht, in der es aufwächst. Gerade die ersten drei bis fünf Lebensjahre sind hierfür entscheidend. Denn der Familienumgang untereinander ist hier für das Fundament der Eltern-Kind-Beziehung entscheidend.

Schon während die Mutter mit dem noch nicht geborenen Säugling schwanger ist, bildet sich eine Mutter-Kind-Beziehung und das Baby bildet eine Beziehung zur Umgebung. Das noch nicht geborene Baby gewöhnt sich an Stimmen der Eltern, Geschwister und Großeltern, die das Kind später im Leben begleiten werden.

Der neugeborene Säugling ist immer von Ihrer Zuneigung abhängig. Das Kind braucht diese Zuneigung, um sich zu entwickeln. Auch müssen die Bedürfnisse des Kindes gestillt werden. Ohne Nahrung und ohne Wärme kann kein Baby überleben. Eltern müssen sicherstellen, dass das Baby genug Nahrung und Flüssigkeit erhält und dessen Körperfunktionen immer wieder überprüfen. Von Natur aus gegeben, vertraut ein neugeborenes Kind diese Bedürfnisse den Eltern an. Wenn dieses Urvertrauen nicht gestärkt wird, dann wird das Kind im Erwachsenenalter unter diesen Folgen leiden. Eine Person kann unter Umständen in stressigen Situationen sogar den Bezug zu seiner Umwelt und sich selbst verlieren. Panikanfälle und Angststörungen sind dann schlimme Folgen dieser Missachtung des Urvertrauens.

Der Säugling befindet sich in einer Phase des Fühlens. Er ist wach oder neugierig, oder schläfrig und zufrieden. In dieser frühen Phase des Lebens kann ein Säugling noch nicht zwischen sich selbst und den ihn umgebenden Personen unterscheiden. Das „Ich“ des Kindes ist noch nicht voll ausgeprägt. Um die eigene

Psyche weiterzuentwickeln benötigt das Kind die Nähe zu Ihnen, den Eltern. Sie müssen alle Grundbedürfnisse des Säuglings befriedigen. In der Literatur wird dies als Unterstützungsfunktion der Umwelt für den Säugling beschrieben. Mit anderen Worten bedeutet dies, dass der Säugling immer darauf angewiesen ist, von den eigenen Eltern versorgt zu werden. Das Kind kann sich, außer mit Schreien und Lachen, kaum äußern. Gerade deshalb benötigen Eltern viel Zeit, starke Nerven und Aufmerksamkeit und daraus resultiert eine sehr starke Bindung zwischen Eltern und Kind. Die Reaktion des Säuglings löst bei den Eltern angeborene Verhaltensmuster aus. Sie sind dann fürsorglich und gehen behutsam mit dem Baby um. Aufgrund der Mimik des Babys und dem Tonfall des Schreiens wissen Eltern intuitiv, was sie tun müssen. Im Laufe der Zeit lernt das Kind dann unabhängiger und selbstständiger zu werden. In dieser frühen Lebensphase werden die späteren Weichen für die Persönlichkeit des Kindes gelegt, die sich dann in einigen Jahren ausprägen wird.

Für die meisten Eltern ist die Entwicklung in den ersten 12-24 Monate die spannendste. Der Säugling nimmt in dieser Zeit seine Umgebung noch nicht komplett wahr. Er ist unbeholfen. Das Hören und das

Sehen müssen erst noch weiter ausgebildet werden. Jedoch hat sich schon vorher ein enges Verhältnis zwischen der Mutter und dem Kind gebildet.

Vom dritten bis zum sechsten Lebensjahr des Kindes haben sich alle körperlichen Funktionen gebildet. Aber Ihr Kind entwickelt sich immer weiter. Es wird stärker und wird geschickter. Mit dem Eintritt in die Schule kann das Kind nun ruhig sitzen, da es Kontrolle über die eigene Motorik hat. Nun weiß das Kind auch, die Umwelt von sich selbst zu unterscheiden. Es erkennt, dass es eine eigene Persönlichkeit ist und das Kind kann sich in seinen Gedanken und auch Worten mit der Außenwelt befassen. Ab diesem Zeitpunkt dringen auch Inhalte des Lebens zum Kind vor, dazu gehören der Tod einer bekannten Person, Liebe, Sexualität. Mit der Zeit lernt das Kind sich vom anderen Geschlecht zu unterscheiden, es weiß, dass es Junge oder Mädchen ist. Oft haben Kinder in diesem Alter Angst vor der Zukunft, da sie nicht wissen, was auf sie zukommt. Hier sind wieder Sie als Eltern gefragt, das Kind zu beruhigen. Das Leben, das oft in Spielen vorkommt, gewinnt an Tiefe.

Das Kind legt nun Beziehungen zu fremden/anderen Personen fest. Es erkennt die eigene Identität und die eigenen Absichten im Leben. Innerhalb des

Familienverbandes versteht das Kind seine Rolle und orientiert sich als Mädchen an der Mutter und als Junge am Vater. Es möchte auch einmal Hausfrau werden oder Polizist. Eben ein Held wie die Eltern. Aus diesem Grund schaut sich das Kind auch oft viel von den Eltern ab und es schützt die enge Bindung zu den Eltern.

Ab dem Grundschulalter wird Ihr Kind nun nicht nur mehr von Ihnen alleine erzogen, sondern auch von Lehrern. Diese neuen Persönlichkeiten übernehmen einen weiteren großen Teil der Erziehung. Während das Kind in der Schule ist, muss es ohne die Bezugspersonen aus der Familie zurechtkommen. Denn hier ist der Lehrer die Bezugsperson. Hier lernt das Kind, alleine zurecht zu kommen ohne Mama und Papa und dass es Leistung bringen muss.

Ein Großteil der Eltern messen den Erziehungserfolg des Kindes an den Noten, die das Kind in der Schule erreicht. Hier müssen Sie aber erkennen, dass Sie die Leistung des Kindes, an eine Erwartungshaltung in der Schule verknüpfen. Hat das Kind gute Noten, dann sind die Eltern zufrieden. Sind die Note nicht so gut, dann bekommt das Kind die Unzufriedenheit der Eltern zu spüren. Gutes Verhalten in der Schule wird zuhause zu Anerkennung führen. Somit erkennt das Kind und auch die Eltern erkennen, dass das Kind immer von der Hilfe der Eltern oder der Geschwister bei den Hausaufgaben abhängig ist. Ab und an ist Motivation von den Eltern nötig, damit sich das Kind mit schulischen Belangen auseinandersetzt. Es gibt in dieser Zeit eine starke Erwartungshaltung. Dies geht sowohl von den Eltern als auch vom Kind aus.

Sie müssen Ihr Kind oft auffangen, wenn es mit der Erwachsenenwelt überfordert ist. Geben Sie Ihrem Kind immer wieder das Gefühl, dass es für Ihren Sohn oder Ihre Tochter in Ordnung ist, ein Kind zu sein.

In diesem Alter verbringen Kinder viel Zeit mit anderen Menschen. Am Vormittag ist das Kind in der Schule. Nachmittags trifft es sich mit Freunden oder ist bei der Hausaufgabenbetreuung. Mit der Zeit kommen neue Hobbys hinzu. Das Kind wird sich mehr und mehr von den Eltern lösen, je älter es wird. Das Weltbild des Kindes erweitert sich jeden Tag und lässt so auch einen anderen Blick auf die Erwachsenen zu. Wenn das Kind in die Pubertät kommt, erkennt es, dass es den eigenen Eltern vertrauen kann. Deswegen haben aber die Eltern nicht mehr zu 100 Prozent Recht.

Wenn das Kind in einem liebvollen Umfeld aufwächst, kann es sich mit der Familie über seine Gefühle austauschen. Denn auch in dieser, mitunter komplizierten, Zeit hat das Kind Wünsche und Ängste vor der Zukunft und es braucht Zuneigung, Anerkennung und gegenseitigen Respekt innerhalb des Familienverbandes.

Aufgrund des familiären Umfeldes lernt das Kind, seine eigenen Gefühle auszudrücken. Je besser dies gelingt, desto besser kann es sich auch später im Leben verhalten. Wenn ein Kind im Kleinkindalter keine Möglichkeit hat, seine eigenen Gefühle zu äußern, gibt es für diese Person fast keine Möglichkeit mehr, dies nachzuholen. Hierzu zählen Sozialkompetenz und die eigene Fähigkeit, Empathie zu empfinden. Wenn das Kind viel Aufmerksamkeit erhalten hat, dann bringt es sehr gute Voraussetzungen mit, eine ideale Entwicklung zu haben. Denn das gegenseitige Austauschen von Gefühlen ist nicht angeboren. Denn, wie viele Sachen im Leben, muss auch das erst vom Kind erlernt werden. Aufgrund dieser sozialen Gegebenheiten ist die Entwicklung von Kindern im Schulalter höchst unterschiedlich.

Vertrauen Sie auf Ihren Instinkt

Authentizität ist viel wichtiger als Perfektion während der Erziehung des Kindes. Sie müssen als Eltern das Kind so erziehen, wie es Ihnen wichtig ist, und nicht wie „man“ das Kind erzieht. Sehen Sie sich einmal folgendes Beispiel an. “Kleine Kinder wie du, müssen bald ins Bett, also los!“ oder „Ich möchte, dass du heute um 19:00 Uhr in das Bett gehst, da wir morgen viel vorhaben!“. Der letzte Satz hat auf das Kind eine viel bessere Wirkung.

Machen Sie Mut

Ihrem Kind Mut zu machen, trägt neben Liebe, Respekt und Freude auch zum Lachen bei und somit zu einer guten Eltern-Kind-Beziehung. Dies stärkt das Selbstwertgefühl des Kindes und der Eltern.

Fokussieren Sie sich auf das Gute

Schauen Sie immer auf die schönen Seiten und die Stärken des Kindes. Nehmen Sie diese bewusst wahr. Ein Fokus auf Fehler, Regelverstöße und Schwächen schadet der Beziehung zwischen Eltern und Kindern nur. Außerdem wird das Selbstwertgefühl des Kindes geschwächt und es fühlt sich abgewertet.

Die Person des Kindes und dessen Verhalten ist nicht das gleiche

Das Verhalten Ihres Kindes ist nicht Ihr Kind. Bei Kritik ist diese an das Verhalten und nicht an das Kind gerichtet. Den Unterschied können Sie in den folgenden Sätzen sehr gut erkennen:

- „Du bist aber ungeschickt!"

  und

- „Du hast dich ungeschickt verhalten!"

Wenn Sie das Verhalten des Kindes mit dem Kind selbst verwechseln, dann werden Sie es immer wieder abwertend behandeln. Besser ist es, wenn Sie dem Kind zeigen, dass das Verhalten nicht gut ist, aber Sie trotzdem Respekt für die Persönlichkeit des Kindes haben.

Geben Sie Ihre eigenen Schwächen und Fehler zu

Jeder Mensch hat auch einmal schlechte Tage. Oft sind Eltern selbst gestresst oder mit sich unzufrieden. In dieser Situation können Erwachsene nur sehr schwer auf die Bedürfnisse und Nöte des Kindes eingehen. Am besten kommunizieren Sie das offen mit dem Kind, um Missverständnisse aus dem Weg zu räumen.

Stehen Sie für sich selbst ein und seien Sie selbst wichtig für sich. Ein Kind möchte gesehen und gehört werden. Entscheidungen können Sie auch auf einen späteren Zeitpunkt vertagen. Sagen Sie einfach: „Gerne höre ich mir deinen Wunsch in einer halben Stunde an, da ich mich jetzt nicht konzentrieren kann. Ich trinke erst eine Tasse Kaffee und danach reden wir gemeinsam darüber. Geh solange schon mal in dein Zimmer ich komme dann!“ Sie können Entscheidungen auch auf einen festen Tag in der Woche legen, an dem alle Familienmitglieder wichtige Themen besprechen.

Sprechen Sie über Gefühle

Gehen Sie mit Emotionen offen und einfühlsam um. Emotionen des Kindes wollen anerkannt, wahrgenommen und müssen benannt werden. Eltern und die Kinder selbst, bestimmen über die Emotionen und wie damit umgegangen wird. Bleiben Sie ruhig, wenn Ihr Kind meckert und sagen Sie „Ich sehen, dass du gerade frustriert bist, weil ich dir es nicht erlaube. Das kann ich verstehen.“ Verzichten Sie auf ein Aber oder das Einlenken und Beschwichtigen. Authentisch müssen Sie auch dann sein, wenn Sie Ihre eigenen Emotionen mittels Ich-Botschaften ausdrücken „Ich bin ärgerlich, weil ich nun später zur Arbeit komme.“ Hier müssen Sie auf Vorwürfe wie „... Weil du zu lange gebraucht hast.“ verzichten.

Schenken Sie Aufmerksamkeit

Von großer Bedeutung während der Erziehung des Kindes, ist die Zeit, die die Eltern mit dem Kind verbringen. Diese Zeit wird auch als Quality Time, also Qualitätszeit beschrieben. Das Kind muss erfahren und wissen, dass es von den Eltern geliebt wird. Das Kind muss wissen, dass es mit seinen Ecken und Kanten geliebt wird. Denn diese Charaktermerkmale machen das Kind zu etwas ganz Besonderen. Haben Sie mehrere Kinder, dann versuchen Sie, sich für jedes Kind einzeln Zeit zu nehmen. Viele Kinder sehnen sich nach diesen Zeiten, in denen sie ganz alleine mit Mama und Papa sind. Auch das Kuscheln mit dem Kind auf der Couch zeigt dem Kind körperlich, dass es geliebt wird. Hier zählt Qualität vor Quantität. Wenn sich Kinder auf diese Zeitfenster verlassen können, fällt es ihnen leichter, dass diese von Zeit zu Zeit aus persönlichen Gründen verschoben werden müssen.

Trotzanfälle des Kindes ignorieren

Eines Ihrer Kinder will das Brot einfach nicht essen und es spielt nur mit dem Brot herum. Machen Sie nicht den Fehler und beharren Sie darauf, dass es das Brot essen soll. Laufen Sie Ihrem Kind nicht hinterher und lenken Sie damit keine Aufmerksamkeit auf das falsche Verhalten. Drehen Sie doch den Spieß einfach einmal um und essen Sie mit vollem Genuss das Brot, bieten Sie dem Kind aber nichts davon an. Möchte das Kind dann immer noch kein Brot, dann belassen Sie es erst einmal dabei. Denn mit Zwang haben Sie hier keinen Erfolg. Gleiches ist auch bei Aggressionen üblich. Wenn das Kind mit Kratzen und Hauen Aufmerksamkeit will, dann gehen

Sie auf Abstand und sagen Sie selbstbewusst „Nein, das tut mir weh!“.

Konsequenz zahlt sich aus

Konsequent zu sein ist gut, hat aber auch seine Grenzen. Jedes Kind sollte lernen, dass es Regeln gibt, an die es sich zu halten hat. Bestimmtes Verhalten zieht bestimmte Folgen und Konsequenzen nach sich. Bleiben Sie als Eltern aber berechenbar, kündigen Sie die Konsequenz an und ziehen Sie diese dann auch durch. Wenn Ihr Kind einem anderen Kind zum dritten Mal die Schaufel wegnimmt, dann müssen Sie die angekündigte Konsequenz, „Weil du weiterhin die Schaufel genommen hast, gehen wir nun, wie ich dir angekündigt habe, heim.“ auch wahr werden lassen.

Machen Sie hier nicht den Fehler eine Strafe durchzusetzen, die nichts mit der Situation zu tun hat. Das gleiche gilt auch bei gemeinsamen Geschwistern. Machen beide etwas falsch müssen beide auch die Strafe ertragen.

Sie müssen dem Kind vertrauen

Sie als Eltern müssen dem Kind ein Grundvertrauen entgegenbringen, dass Ihr Kind gewisse Dinge alleine schafft. So werden Eifersucht auf den Bruder oder die Schwester im Keim erstickt. Erklären Sie dem Kind warum sie dessen Hilfe benötigen. Wenn das Kind mit dem Hund nicht klarkommt, dann nehmen Sie das Kind zum Gassi gehen mit. Haustier, Elternteil und Kind sind dann ein perfektes Team zu dritt.

Erkennen Sie die Wünsche des Kindes

Kinder offenbaren mit fast jedem Verhalten einen Wunsch oder ein Bedürfnis. Sie als Eltern müssen hier genau hinsehen. Hat das Kind zum Beispiel erkannt, dass es die Katze am Schwanz ziehen muss, damit die Mutter sofort kommt?

Hinter diesen Aktionen stecken eigentlich nie die bösen Absichten, wie der Katze Schmerzen zuzufügen. Das Kind hat aber erkannt, wie es die Eltern konditioniert hat. Nun weiß das Kind was es anstellen muss, um sofort Aufmerksamkeit zu bekommen. Haben Eltern das einmal durchschaut, können Sie nach Lösungen suchen.

Oft wird auch das Zubettgehen zu einer reinen Zerreißprobe für die Eltern und das Kind. Der Schnuller fehlt, dann hat das Kind noch Durst und muss zum dritten Mal auf die Toilette. Ihr Kind will also das Zubettgehen weiter hinauszögern.

Hier hilft ein alter Trick: Gestalten Sie das Zubettgehen als ne Art Ritual. Legen Sie gemeinsam die Spielsachen zum Schlafen hin. Danach putzen Sie die Zähne mit dem kleinen Knirps und suchen danach die Kleidung für den nächsten Tag heraus und fragen hier auch, ob der Schnuller schon da ist. Fragen Sie in dieser Zeit auch, ob das Kind durstig ist, und noch einmal zur Toilette muss. Wenn Sie eine Geschichte vorlesen, können Sie das Ritual auch selbst einige Minuten verlängern. Somit bekommt das Kind genügend Aufmerksamkeit von Mama oder Papa.

Rechtliches und Impressum

Die Inhalte dieses Buches wurden anhand von anerkannten Quellen recherchiert und mit hoher Sorgfalt geprüft. Der Autor übernimmt dennoch keinerlei Gewähr für die Aktualität, Richtigkeit und Vollständigkeit der bereitgestellten Informationen. Haftungsansprüche gegen den Autor, welche sich auf Schäden gesundheitlicher, materieller oder ideeller Art beziehen, die durch die Nutzung oder Nichtnutzung der dargebotenen Informationen bzw. durch die Nutzung fehlerhafter und unvollständiger Informationen verursacht wurden, sind grundsätzlich ausgeschlossen, sofern seitens des Autors kein nachweislich vorsätzliches oder grob fahrlässiges Verschulden vorliegt. Dieses Buch ist kein Ersatz für medizinische und professionelle Beratung und Betreuung.

Dieses Buch verweist auf Inhalte Dritter. Der Autor erklärt hiermit ausdrücklich, dass zum Zeitpunkt der Linksetzung keine illegalen Inhalte auf den zu verlinkenden Seiten erkennbar waren. Auf die verlinkten Inhalte hat der Autor keinen Einfluss. Deshalb distanziert der Autor sich hiermit ausdrücklich von allen Inhalten aller verlinkten Seiten, die nach der Linksetzung verändert wurden. Für illegale, fehlerhafte oder unvollständige Inhalte und insbesondere für Schäden, die aus der Nutzung oder Nichtnutzung solcherart dargebotener Informationen entstehen, haftet allein der Anbieter der Seite, auf welche verwiesen wurde, nicht aber der Autor dieses Buches.

1. Auflage

Torben Gebbert und Dr. Özgür Dagdelen GbR
Im Ebertswinkel 9
64625 Bensheim
Vertretung: Dr. Özgür Dagdelen, Torben Gebbert
E-Mail: dr.verlag@gmail.com

Printed in Great Britain
by Amazon

47468070R00075